안철수를 알고 싶다

안철수를 알고 싶다

2012년 8월 1일 초판 1쇄 발행

지은이 **윤문원**
펴낸이 **심윤희**

펴낸곳 **씽크파워**
출판등록 2005년 10월 21일 제393-2005-15호
주소 서울 종로구 명륜동 2가 22번지 토가빌딩 5층
전화 031-501-8033
팩스 031-501-8043
이메일 yun259@hanmail.net

ISBN 978-89-957385-7-3 (03810)

- 잘못된 책은 바꿔드립니다.
- 책값은 뒤표지에 있습니다.

안철수 가족 · 삶 · 철학 · 정치행보 · 리더십

안철수를 알고 싶다

윤문원 지음

씽크파워
THINK POWER

: 일러두기

- 본문에서 '안철수'에 대한 호칭을 영문 성을 따서 'Ahn'이라고 표기하였습니다.
- Ahn이 창업한 벤처기업은 안철수컴퓨터바이러스연구소 → 안철수연구소 → 안랩으로 변경되었으나 편의상 현재 이름인 안랩으로 통일하였습니다.
- '4. 안철수 대선 행보'의 내용은 저자의 견해임을 밝혀둡니다.

스파이더맨 안철수

대선과 관련하여 사람들을 만나서 '안철수'에 대해 물어보면 50대 이상과 50대 미만 연령대를 사이에 두고 의견이 극명하게 갈리면서 커다란 섬이 놓여있는 것을 느끼게 된다.

50대 미만의 연령대에서는 안철수 박사에 대한 지지 표현과 함께 압도적인 우위의 반응을 보인다. 어떤 사람은 "하도 정치판이 더럽고 보기도 싫어서 대선에 투표하지 않으려 했는데 안철수가 나오면 적극적으로 투표하겠다"고 까지 표현한다.

그러면 "안철수에 대해 뭘 알고서 그렇게 말하느냐?"고 물어보면 안철수 박사의 저서를 읽었거나, TV에서 안철수 박사의 강연이나 그가 출연한 〈무릎팍도사〉나 그에 관한 특집 프로그램 중에서 하나라도 본 사람이 대부분이었다. 그에 관해 뭔가를 알고 난 다음에 다름대로 판단의 결과에 따른 반응임을 알 수 있었다.

하지만 50대 이상의 연령대에서는 시큰둥함을 넘어서 열을 올리면서 비판하고 반대에 나섰다. "정치판이 어떤 곳인데 정치도 모르면서 대통령이 되겠다니 웃기는 소리다" 하면서 쌍심지를 돋운다.

그러면 "안철수가 어떤 사람인지 알고 그렇게 말을 하느냐?"고 물어보면 의사하다가 컴퓨터 관련된 일을 하는 정도로 아는 사람이 많으며 아예 모르는 경우가 더 많았다. 그러면 "안철수의 저서를 읽었거나, 그가 말하는 것을 직접적으로나 TV에서 본 적이 있느냐?"고 물어보면 아예 그런 적이 없는 경우가 대부분이다. 안철수 박사에 대해서 모르면서 막연한 선입견에 따른 반응임을 알 수 있었다.

나는 안철수 박사에 관한 글과 책을 쓸 기회가 있었다. 한 번은 2008년으로 〈월간중앙〉에 경제칼럼을 1년 동안 연재할 때였다. 매달 경제인들에 대한 편지 형식의 글로서 경영관이나 기업의 사회적 역할에 대한 제안 등을 담은 내용이었다.

그 때 미국에서 귀국한 안철수 박사를 주제로 글을 쓰기 위해서 많은 자료를 모으고 초고를 쓴 상태였다. 잡지사에 그 달의 원고를 넘기기 전에 사전에 알려주니, 안철수 박사가 경영 일선을 떠난 입장이고 귀국한 지도 얼마 되지 않은 상황에서 경영에 복귀하면 그 때 쓰자고

하여 미루었으나 연재가 끝날 때까지 안랩 경영에 복귀하지 않아 게재되지 못하고 그대로 가지고 있어야만 했다.

다음은 2011년 4월에 출판사에서 연락이 왔다. 출판사에서 '안철수'를 소재로 젊은이들에 대한 멘토링 책을 써 달라는 것이었다. 이를 승낙하자 그에 관한 시중에 나와 있는 모든 책과 자료를 보내왔다. 몇 달 동안 파묻혀 형광펜으로 줄을 그어가면서 읽었고 파일에 담았다. 인터넷 TV로 그가 출연한 〈무릎팍도사〉를 다시 보았고, 그의 강연 동영상도 찾아서 보았다.

자료를 섭렵한 다음에 나름대로 파악한 안철수 박사가 가지고 있는 코드와 화두를 중심으로 하여 집필을 하고 있는 중에 서울시장 출마설이 대두되었다. 정치할 것을 전혀 의식하지 않은 상태에서 집필하던 원고를 중단해야했다.

하지만 나는 그에 관한 정보와 자료 섭렵을 중단하지 않았다. 정보를 알면 알수록 자료를 보면 볼수록 내 마음 깊은 곳에서 불구덩이와 같은 뜨거운 열기가 올라오는 것을 느끼면서 '인간 안철수'에 대한 책을 써야겠다는 결심이 더욱 굳어졌다.

대통령이라는 자리는 국가와 국민을 위해 대단히 중요한 자리다. 권한과 책임이 막중한 대통령을 제대로 뽑으려면 제대로 알아야 한다. 지금까지 거론되는 많은 대선주자들은 오랜 기간 동안 정치판에 있었기 때문에 그들의 삶이나 생각들이 알려진 상황이다. 이제 유력 대선주자인 안철수 박사에 대해서도 제대로 알아야 한다.

그러기 위해서는 그에 관한 아무런 정보도 모른 채 선입견이나 편견으로 판단할 것이 아니라 그의 저서 중에서 한 권이라도 읽거나 그가 말하는 것을 한 번이라도 보라고 권하고 싶다. 앞으로 국민들을 상대로 직접적인 소통을 많이 하겠지만, 이렇게 말하는 것은 정치를 의식하지 않은 상황에서의 글과 말이 훨씬 순수하고 솔직할 수 있기 때문이다.

먼저 정치를 전혀 의식하지 않을 때 안철수 박사가 쓴 두 권의 책을 읽어보라고 권하고 싶다. 2001년에 발간한 안랩 설립 때부터 기업 공개 직전까지 견지해온 경영철학을 쓴《CEO 안철수, 영혼이 있는 승부》와 2004년에 발간한 회사 규모가 커지는 과정에서 겪은 경험을 중심으로 조직 구성원이 가져야 할 자세를 담은《CEO 안철수, 지금 우리에게 필요한 것은》이다. 이 책을 읽어보면 그의 생각과 철학을 이해할 수 있을 것이며, 이런 그의 경영관과 생각을 정치에 대입시키면 어떤 결과를 얻을 수 있을 지를 유추할 수 있을 것이다.

다음으로는 실질적인 대선 출마를 선언하고 자신의 '집권 비전'을 공개한 《안철수의 생각》을 읽기를 권한다. 그가 대한민국 발전을 위해 어떤 비전과 정책을 가지고 있는지를 알게 될 것이다.

책 읽는 것이 여의치 않다면 인터넷 TV 다시보기를 통해 그가 2009년 출연한 〈무릎팍도사〉나 2012년 7월 출연한 〈힐링캠프〉를 보거나 이것도 여의치 않다면 인터넷을 통해 그가 강연한 동영상을 볼 수 있을 것이다.

그는 저서에서 이렇게 말했다.

"리더란 자기가 하고 싶은 일만 할 수는 없으며, 해서도 안 되는 사람이다. 자기보다는 조직의 모든 사람에게 이로운 방향으로 선택하고 행동해야 한다. 극단적으로 조직의 이익과 개인의 이익이 상충할 때라도 기꺼이 개인의 이익을 던져버리는 것이 조직의 리더가 해야 하는 일이다. 단언하건대, 전체가 잘 될 수 있다면 나는 이해타산과 상관없이 어떠한 선택도 할 수 있는 마음의 자세를 가지고 있다. 그리고 지금까지 말로만 이야기하기보다는 실제로 행동으로 보여주고자 노력해왔다. 그러한 행동들 중에는 외부에서 보기에 놀라울 만큼 무모한 선택도 있었다. 그러나 그 모든 선택들은 나 나름대로의 기준에서 우리 모두가 잘 될 수 있기 위해 필요한 것이었다. 그런 마음은 앞으로도 변치 않을 것이다."

대통령 출마와 관련하여 시사하는 바가 큰 평소의 그의 소신이다.

그 후 그는 강연에서 리더의 책임감을 강조하면서 영화 〈스파이더맨〉을 예로 들며 이렇게 말했다.

"영화 〈스파이더맨〉에 이런 대사가 나옵니다. 'With great power comes great responsibility. (힘이 강하면 책임도 무거워진다.)' 이렇듯이 원하건 원하지 않건 힘이 생기면 그에 따른 책임도 뒤따라야 하는 것입니다."

"스파이더맨이 스스로 원해 힘을 갖게 된 건 아니지만 그렇더라도 그만한 힘이 생겼으면 그에 따르는 책임을 져야죠. 저도 스스로 원한 건 아니지만 열심히 살다 보니 사람들이 자꾸 쳐다보고 알아보는 분이 많아졌습니다. 그래서 사회적인 책임감을 느낍니다. 편하게 할 수 있는 안랩 CEO의 길을 벗어나 업계의 구조적인 모순을 해결해야겠다는 생각을 하게 된 것도 이런 책임감이 작용했기 때문이죠."

그가 이제 대한민국의 대통령으로서 무한책임을 짊어지는 '스파이더맨 안철수'가 될까?

나는 뛰는 가슴을 억제하고 객관성을 유지하면서 이 책을 썼다. 집필을 마치고 나니 꼭 해야 할 일을 한 기분이 들면서 마음속의 무거운 짐을 내려놓은 듯이 너무나 홀가분하다. 이 책이 안철수 박사를 객관적으로 알고 이해하는데 조금이라도 도움이 되었으면 하는 바람이다.

2012년 8월
윤문원

차례

2 인간 안철수, 어떤 길을 걸어왔나?

3 인간 안철수, 삶의 철학은 무엇인가?

4 안철수, 대통령이 될 것인가?

5 대통령 안철수, 어떤 리더십을 보여줄 것인가?

1

안철수 가족
어떤 사람인가?

왜 가족에 대해 알아야 하는가?

굳이 들먹이지 않더라도 지금까지 우리나라 대통령 역사를 보면 대통령 가족이 권력을 휘두르면서 호가호위(狐假虎威)하고 각종 이권과 부정부패에 개입하고 연루되는 상황이 끊임없이 일어났으며 일어나고 있다. 역대 정권이 친인척 비리로 얼룩져서 '친인척 비리'가 고유명사로 자리 잡은 상황이다.

국민들은 역대 정권이 저지른 대통령 가족의 부정부패에 분노하고 있다. 정작 가장 솔선수범하고 모범을 보여야 할 가족들이 앞장서서 부정을 저지르는 일이 용납되어서는 안 되지만 사전에 그런 비리를 저지를만한 가능성이 있는 가족이 있는 인물을 대통령으로 뽑지 말아야 한다.

가족들이 호가호위하고 부정을 저지르는 것은 제도나 상황 탓도 있겠지만 무엇보다 인성에 기인한다고 보아야 한다. 그러므로 대통령을 뽑을 때에는 대통령이 '수신제가치국평천하(修身齊家治國平天下)를 할 수 있는 인물인지, 대통령 가족이 어떤 사람인지를 알아야 한다.

안철수 아내는 어떤 사람인가?

"첫사랑이시죠?"

Ahn의 아내는 김미경(1963년생) 서울대학교 의대 교수이며 의학과 법학을 접목한 융합 분야의 전문가다. Ahn과 김미경 교수는 서울대학교 의대 1년 선후배 사이로 Ahn이 1년 선배다.

두 사람은 대학시절 가톨릭학생회 의료봉사 서클에서 처음 만났다. Ahn은 종교가 아니라 봉사활동을 위해 가입하여 활동한 것이었다. 토요일마다 함께 서울 구로동으로, 방학 때면 경북 산골의 무의촌으로 의료 봉사를 다녔다.

Ahn이 새벽에 대학도서관에 먼저 나가서 옆자리에 그녀의 자리를 잡아주기도 하고, 공부를 도와주고, 책을 추천하여 독서하게 한 다음에 함께 토론도 하면서 사랑을 키워나갔다. 두 사람 다 서울대학교 의대 박사 과정 중에 결혼했다.

Ahn은 강호동 씨가 진행한 TV 예능프로그램 〈무릎팍도사〉에 출연하여 "이상하게도 처음부터 그 여학생에게 마음이 끌렸습니다. 같은 서클에서 봉사하다 보니 많은 것을 알게 되었습니다. 생각도 비슷하고 가치관도 비슷하고 우리는 무척 닮은꼴이었습니다. 의과대학 다니면서 추리소설을 즐겨 읽는 것부터 시작해서 혼자서 책읽기를 좋아하며 자란 것까지 비슷했습니다. 그때 돈도 없는 학생 때였으니까 '같이 살자'라고 했습니다"라고 고백했다. 이를 Ahn은 자신의 인생을 바꾸는 사건이라고 표현하고 있다.

강호동 씨가 "두 분 다 첫 사랑이시죠?"라고 묻자 Ahn은 "그런 걸로 믿고 있습니다"라고 하면서 순간적인 유머감각을 발휘했다.

슈바이처 전기를 떠올리고

김미경 교수는 서울대학교 의대를 졸업하고 동 대학원에서 의학박사를 받았으며 성균관대학교와 삼성의료원에서 병리의사이자 병리학 부교수를 지냈다.

나이 마흔인 2002년에 15년간의 의사 생활과 의대 교수직을 접고 중학생 딸을 데리고 미국 유학을 하기로 했다. 이런 결단을 한 이유는 대학입학 동기들 중에서 제일 먼저 부교수가 됐지만 막연히 40대엔 새로운 일을 해야지 하는 소망이 있었는데, 그 소망의 성취를 위해서 새로운 공부를 해야겠다고 결심한 것이었다.

김미경 교수는 이때 슈바이처가 오르간 연주자, 신학자로 원했던 공부를 다 한 뒤에 남을 위해 봉사하겠다고 결심한 나이가 마흔이었다는 전기가 생각났다고 한다. 그리고 당시 의약분업 사태가 구체적인 계기가 되었다. 환자에게 처방을 하지 않는 병리학 교수라 의약분업을 실감할 수 없었지만 분업을 반대하는 서명을 하라고 하고, 운동장에 나가 앉아 있기도 했다고 한다. 이때 의사들이 환자를 버리고 이렇게 단체행동을 해도 되는 것인지, 의사의 직업윤리에 대해 공부하고 싶다는 생각을 했다고 한다.

유학을 구체적으로 결심하자 중학교 1학년인 딸은 "왜 엄마 때문에 친구들 다 버리고 학교를 떠나야 하나요?" 하면서 미국으로 가는 것을 굉장히 싫어했다고 한다. 남편인 Ahn은 아내와 딸이 떠나고 나면 외롭고 불편한 일이 많을 것임에도 불구하고 "필요하다. 자신을 넓혀 가는 일이다"라고 하면서 긍정적으로 받아들이면서도 적극적으로 찬성한 것은 아니었다.

의대 교수 접고 법학 공부

2002년 7월, 미국 시애틀에 있는 워싱턴 주립대학교 법대에 입학했다. 병리의사가 법학을 전공하는 것은 의외이기는 하지만 김미경 교수는 의사로서 법적 사회적 안목을 갖추기 위해서였다. 의사의 삶은 대중을 상대하는 것으로 의료 분쟁, 법적 분쟁을 알고 있어야함에도 의대에서는 의학 과목만 배웠을 뿐이었다. 특히 자신은 분자생물학이나 테크놀로지와 상당한 관련이 있는 병리의사를 오래하면서 지적재산권이나 특허법과 의료법 등에 자연스럽게 관심을 가졌기 때문이었다.

김미경 교수가 남편인 Ahn을 '기러기 아빠'로 만들면서까지 한국이 아닌 미국으로 유학을 떠난 것은 이유가 있었다. 그때만 해도 우리나라 법대에는 의료법이나 특허법을 특화해서 가르치는 프로그램이 없었고 새로 만들어지는 법들이 대부분 미국에서 수입되는 경향이 있었다. 더구나 자신이 전공한 의학을 접목할 경우에 바이오테크놀로지의 가장 큰 시장이 미국이기도 하여 미국에서 공부하기로 한 것이었다.

힘든 유학 생활이 시작되었다. 딸을 학교에 데려다 주고 대학에 가면 첫 강의 시간에 겨우 도착했다. 학교 수업을 마친 딸을 데리러 가야하니 수업 끝나자마자 학교를 나서야 했다. 도서관에서 밤을 새워 공부해도 모자랄 판이라 딸을 데리고 동네 도서관에 살다시피 했다. 힘들었던 유학 초창기에 남편 Ahn과 전화 통화하면서 눈물을 흘리기도 했다고 한다.

영어로 말하는 것도 잘 안 되는데 법률영어를 해야 하니 상당히 고전하면서 수업이 끝나는 순간부터 복습을 시작해야 했다. 버스를 타고 돌아오면서, 집에 와서 음식을 먹으면서, 그리고 잠을 줄이면서 공부를 했다. 그렇게 해야 간신히 다음날 수업을 따라갈 수 있었다.

2005년 3월에 Ahn도 미국으로 유학을 와서 스탠퍼드대학교 MBA 과정에 있었기 때문에 학교를 마치고 가족이 도서관에 모두 모여 저녁 늦게까지 공부하기도 했는데 그때가 가장 소중했던 기억이라고 한다.

방학 때면 연방법원에서 서기 생활을 하며 사법체계를 익혔다. 그렇게 3년간 계속 공부를 하여 2005년 법학박사 학위를 받은 후 스탠퍼드대학교 법대의 특별연구원(펠로)으로 뽑혀 2년간 '생명과학과 법 센터(Center for Law and the Bioscience)'에서 일했다. 미국 캘리포니아 주와 뉴욕 주에서 변호사 자격증을 땄으며, 2006년에는 스탠퍼드대학교 의대에서 조교수 스카우트 제의를 받기도 했다.

김미경 교수는 미국에서 법대 수강 과정에 연방법원 여자 판사를 모시고 인턴으로 일을 한 적이 있는데 많은 것을 배우고 느꼈다고 한다. 그 연방판사는 판결에 영향을 미칠 것을 우려해 법대 동창인 변호사들과 만나지 않았으며 심지어 옆방 판사들하고도 사건에 대한 얘기를 하지 않았다. 그 모습을 보고 매사에 원칙을 존중하는 직업윤리에 감동했다고 한다.

그 판사가 평소엔 맹인안내견을 훈련시키는 일을 하고 휴가 때는 아프리카에 가서 후진국들의 법제도를 만드는 일을 돕는 모습에서 헌신의 자세를 배웠으며, 아주 오래된 차를 끌고 다니는 것을 보고 검소한 생활 자세를 배웠다고 한다.

의학과 법학을 융합한 학문을 가르치다

김미경 교수는 미국에서 법학 공부를 하고 귀국한 후 마음고생을 많이 했다. 한국에서 의학박사 학위를 받았고 미국에서 법학박사 학위를 받았지만 학문 간에 융합을 강조하면서도 막상 법대에서는 법학 연구에 올인 할 사람을 찾았고, 의대에서는 의학에 올인 할 사람을 찾으니까 쓸모없는 사람이 될까 봐 마음고생을 많이 했다. 이때 남편 Ahn이 남들이 안 하던 일, 남들이 알아주지 않은 일을 했지만 그걸 완성하는 모습을 봤기 때문에 위로가 됐고 자신감을 얻었다고 한다.

결국 2008년 4월 KAIST(한국과학기술원) 교수로 영입되어 의학과 법학을 접목한 융합 모델을 구축했다. 공학도이자 과학도인 KAIST 출신이 발명을 하게 되면 발생하는 권리인 지식재산권에 대한 확보와 관리에 관한 특허법 강의를 했다. 기술경영전문대학원과 의과학대학원에서 바이오테크놀로지와 관련된 법과 제도를 가르쳤다.

2011년 9월 모교인 서울대학교 의대 정교수로 영입되어 연구윤리와 세포생물학, 지식재산권, 바이오텍과 관련된 법과 정책, 발명에서 상용화, 회사 설립에 이르는 과정을 강의하고 있다.

김미경 교수가 서울대학교 의대로 옮긴 이유는 의과대학이 새로운 가치 창출을 해야 한다는 신념에서 비롯된 것이다. 의대 출신이 의사에만 머무를 것이 아니라, 바이오테크놀로지 회사도 창업하고 신약도 개발하면서 기술을 상용화시킬 수 있어야 하는데 그 과정에서 지적재산권에 관해 숙지하고 있어야 하며 그와 같은 일에 자신이 일익을 담당하기 위해서였다.

김미경 교수는 여성의 사회 활동에 대한 신념을 가지고 있다. 엄마도, 이모도 직업을 가진 적이 없어 반드시 전문직 여성이 되고 싶었다고 한다. 밤새 공부하다가 12층짜리 서울대병원 건물을 올려다보면서 '나도 저곳에서 의사 가운을 입고 일할 수 있을까?' 하는 꿈을 가지고 노력하여 의사가 되었다.

김미경 교수는 외동딸이 자신을 뒷바라지 해주면서 사회생활을 병행하는 엄마에게 "엄마가 보통 아줌마처럼 되는 거 싫어요. 학교에 사표 내지 마세요"라고 했던 말을 회상하면서 아이를 낳은 주부들에 대해서도 포기하지 말고 사회생활을 영위했으면 좋겠다는 생각을 가지고 있다.

부창부수 夫唱婦隨

남편인 Ahn과 아내인 김미경 교수의 삶은 너무나 닮아있다. 그 남편에 그 아내다. 부부는 동등한 인격체라 생각하고 파트너십을 발휘하면서 서로 신뢰하고 의지할 수 있는 사람, 힘들 때 의논 상대가 서로 되는 바람직한 부부상이다.

Ahn은 아내 김미경 교수에 대하여 진실하고 책임감이 강하고 열심히 사는 사람이라고 평하고 있으며, 전문가로서 충분히 자신의 삶을 살아갈 수 있는 사람인데, 남편의 대선 출마와 관련하여 피해를 보는 일이 많아서 안쓰럽게 생각하고 있다.

사회에 대한 헌신의 자세

부부가 서울대학교 의과대학을 졸업한 의사이며 의학박사이다. Ahn과 마찬가지로 의사라는 직업을 통하여 누군가를 보살핌으로써 마음이 따뜻해지면서 행복감을 느꼈다고 한다.

지식인으로서 사회에 헌신해야 한다는 깊은 신념을 가지고 있다. 서울대학교 의대 재학 시절에 함께 의료 봉사활동을 펼쳤다. 졸업 후에는 흔히 말해 돈을 벌기 쉬운 환자를 진료하는 임상의사가 아니라 연구직을 선택하여 Ahn은 생리학을 김미경 교수는 병리학을 전공했다.

Ahn이 컴퓨터 바이러스 백신 벤처기업을 창업한 것이 돈을 벌기 위해서가 아니라 사회에 헌신하기 위해서 그랬듯이 김미경 교수가 법학 공부를 한 것은 의학 및 생명공학 분야의 지적재산권을 보호하는데 기여하고 싶다는 헌신의 발로였다. Ahn이 컴퓨터 바이러스 백신 무료 배포와 주식의 사회 환원 등 나눔을 실천하듯이 김미경 교수는 의학과 법을 융합한 학문을 후학들에게 가르치면서 낙후된 바이오와 의학 분야의 특허 확보에 기여하고 있다.

현실에 안주하지 않는 도전정신

두 사람 다 현실에 안주하지 않는 도전정신에 투철하다. 뭘 시작하면 끝을 맺는 성격이다. 일단 시작해 놓고, 힘들어도 그 일을 계속하면 성공할 수 있다고 생각하고 중간에 포기하지 않고 묵묵히 이루어

낸다.

Ahn이 의대 교수직을 그만두고 벤처기업을 창업하고 미국 유학에 두 차례나 나선 것처럼 김미경 교수도 마흔에 '법'을 전공하기 위해 의사와 의대 교수를 그만두고 미국 로스쿨에 유학을 떠나 캘리포니아 주와 뉴욕 주의 변호사 자격을 획득했다.

두 사람 다 융합 학문을 했다. Ahn이 의학, 공학, 경영학을 전공하여 융합 학문을 한 것과 마찬가지로 김미경 교수도 의학과 법학을 접목한 학문을 가르치고 있다.

김미경 교수도 Ahn과 마찬가지로 청춘들에게 도전정신을 심어주고 싶어 한다. 의사, 판사, 공무원 등 안정된 직장을 추구하는 사회 분위기에 대하여 청춘들이 사고의 범위를 확장하도록 돕고 싶다고 하면서 다음과 같이 말한다.

"안정성은 죽음 이후에만 찾아와요. 살아있는 동안은 끊임없이 변화해야 하는 게 생명이죠. 20대는 실수를 해도 허용되고, 이 실수는 성공의 거름이 될 수 있잖아요. 안정성만 추구하는 학생들이 따라할 만한 롤 모델을 되도록 많이 만들어주고 꿈을 이룰 때까지 애프터서비스를 해주는 역할을 하고 싶어요."

김미경 교수의 도전정신이 묻어나는 대목이다.

사회에 대한 문제의식

Ahn이 사회문제, 청년문제, 중소기업문제 등 사회에 대한 문제의식을 가지고 이에 대한 많은 발언을 했다. 특히 안랩 CEO로 있으면서 쓴소리를 하기가 쉽지 않음에도 용기를 가지고 과감하게 많은 사회적 발언을 했다. 벤처거품이 기승을 부릴 때 "한국 벤처기업의 95%는 망한다"고 했고, 한국에서의 기업 환경과 사회적 구조를 비판하면서 "한국에서 빌 게이츠도 성공하기 힘들다"고 했으며 "한국은 IT강국이 아니라 IT소비강국이다"라고 했다.

김미경 교수가 의사 가운을 벗어던지고 법을 전공하기 위해 미국 유학에 나선 것도 그 당시 의약분업 사태에 따른 직업윤리에 대한 생각도 한몫을 한 것처럼 사회에 대한 문제의식을 가지고 있다. 김미경 교수는 많은 돈을 들여 치료하는 게 과연 효율적인지, 그런 치료를 선택하도록 권유하는 게 법적으로 문제가 없는지 의사들의 직업윤리를 강조하고 있는 사람이다.

자기 발전을 위한 끊임없는 학습

서로의 일을 존중해 주는 태도다. 주말부부 정도가 아니라 오랜 기간 '기러기 아빠' 신세로 있으면서도 '파트너십'을 발휘하면서 서로의 발전을 위해 평생공부 할 수 있도록 격려하고 밀어준다. 40대에서 Ahn에 대하여 높은 지지를 보이는 것은 이들 부부의 이와 같은 내조와 외조의 모습이 그들의 로망이 반영된 것인지 모른다.

Ahn은 공부는 하면 할수록 사람을 겸손하게 만들어준다고 믿고 있다. 자만은 실패의 지름길이라고 생각해서 끊임없이 스스로를 경계하는 스타일인데 이때 가장 좋은 방법은 늘 공부하는 자세를 잃지 않는 것이라고 한다. "공부를 하면 할수록 많은 사람들이 얼마나 열심히 살고 있는지, 또 자신이 얼마나 부족한지를 뼈저리게 알 수 있었다"는 것이다.

김미경 교수는 어릴 때부터 공부하는 습관이 몸에 배어있는 사람으로 '공부는 숨을 쉬는 것과 같다'고 생각한다. 숨은 한꺼번에 쉬거나 멈추는 게 아닌 것처럼 공부도 마찬가지이며 삶의 일부로 받아들여야 한다는 것이다.

가족 모두가 독서가 생활화 되어있다. Ahn이 CEO 시절 가족과 제주도에 여행을 갔는데 숙소에서 모두 책만 읽다가 올 정도였으며, 미국 유학에서도 가족이 함께 도서관에서 공부하고 책을 읽은 것을 인생에 있어서 커다란 즐거움으로 생각하고 있다.

겸손한 자세와 검소한 삶

Ahn은 모든 사람에게 존댓말을 쓰는 겸손함과 함께 외유내강(外柔內剛)한 스타일이다. 술과 담배와 골프를 하지 않으며, 집과 직장을 오가면서 일에 파묻혀 있는 사람이다. 안랩 CEO로 있을 때에 운전기사가 따로 없이 직접 운전했으며, KAIST(한국과학기술원) 석좌교수로 가서도 마찬가지였다. KAIST가 대전에 있어서 서울에 자주 일을 보러 올 때에 직접 운전을 했다고 한다. 서울대학교 융합과학기술대학원장으로 옮겨서 자비로 비로소 운전기사를 채용했는데 뒷자리에 앉아서 서류도 챙기고, 책도 읽고 휴식도 취하면서 그렇게 좋아한다고 한다.

김미경 교수는 스물다섯 살 결혼할 때 처음 화장한 뒤 한 번도 얼굴에 분칠해본 적이 없으며 옷도 수수한 차림으로 입는다. 정장도 몇 벌 되지 않는다고 한다. 겉보기에는 수줍어하면서 강물처럼 조용하지만 내면 깊숙이 올곧은 소신과 담대함과 끈기를 가지고 있다.

김미경 교수
서울대학교 의대 교수 임명 검증

Ahn에 대해 하도 검증할 것이 없으니까 인터넷상에는 별의 별 트집 잡기를 하거나 사실을 왜곡하거나 헌신을 폄훼하는 일이 비일비재하다. 그 중에 김미경 교수에 대한 임용 과정에 특혜를 주었다는 의혹을 제기하고 있는데 한 마디로 코미디 같은 주장이다.

김미경 교수가 서울대학교 의대 교수로 갈 자격이나 실력이 있는지 없는지를 가지고 판단해야지 쓸데없는 트집을 잡는 것은 유치하기 그지없다. 김미경 교수는 서울대학교 의대 의학박사이며 성균관대학교 의대에서 부교수를 역임했고, 미국 워싱턴 주립대학교 법학박사이며 국제변호사이며, KAIST 교수였다. 융합의 시대에 의학과 법학을 동시에 전공한 사람이 희소한 상황에서 모교인 서울대학교 의대에서 김미경 교수를 스카우트한 것은 절차상이나 자격에 있어서 아무런 문제가 없다.

KAIST도 최고의 명문이지만 의과대학이 없어서 의학박사인 자신이 의대가 있는 자신의 모교에서 후학들을 가르치고 싶어 할 수 있다. 의학, 공학, 경영학을 전공한 남편인 Ahn이 서울대학교 융합과학기술대학원장으로 가게 되니까 같은 대학에서 특히 자신의 모교인 서울대학교 의대에서 근무하고 싶은 것은 인지상정일 수 있다.

KAIST는 대전에 있어서 Ahn이 서울대학교로 옮김에 따라 또다시 떨어져 지내야하는 불편을 해소하기 위한 것도 고려되었을 수 있다. 김미경 교수는 KAIST 재직 중에 언론과의 인터뷰에서 다음과 같은 말을 했다.

“미국에서 귀국하면서 저와 남편이 약속을 했어요. 같은 직장에서 일하는 것까지 바라지는 않고, 같은 도시에서 살면서 주말부부 생활을 피하자고 했어요. 그동안 너무 떨어져 살아서 그런지 우리 가족에게는 같이 사는 게 가장 중요했어요. 제가 여기에 없었다면 남편이 KAIST로 오지 않았을지도 모르죠.”(註 : 2009년 9월10일자 국민일보 김미경 교수 인터뷰 기사 인용)

Ahn은 아내인 김미경 교수가 2008년 4월에 KAIST로 가고 난 후인 2008년 9월에 KAIST 교수로 갔다. 이번에는 Ahn이 2011년 3월에 먼저 서울대로 옮기고 김미경 교수는 2011년 9월에 서울대로 옮긴 것으로 서울대총장이 따로따로 제안하여 이루어진 사안이다. 서울대 융합과학기술대학원은 3월부터 맡을 신임 원장이 당장 필요했기 때문에 임용이 급했고, 김미경 교수는 KAIST에서 봄 학기를 끝내야 하는 상황이어서 나중에 영입된 것이었다고 한다.

안철수 아버지는 어떤 사람인가?

'부산의 슈바이처'

Ahn의 아버지는 여든이 넘도록 부산 범천동 빈민촌에서 반세기 동안 한자리를 지키며 가난하고 약한 서민들을 돌봐온 범천의원 안영모 원장이다. 그는 부산공고를 졸업하고 서울대학교 의대에 진학했다. 공고를 나와 의과대학에 합격한다는 것은 굉장히 어려운 일이었지만 보란 듯이 합격한 것이었다. 아들인 Ahn과 며느리인 김미경 교수 둘 다 안영모 원장의 서울대학교 의대 후배다.

안영모 원장의 아버지이자 Ahn의 할아버지는 은행 지점장을 지냈으며 교육열이 높아서 자식에게 좋은 교육을 시키려고 했다. 그 당시는 초등학교만 졸업하고 공장에 가는 아이들이 많던 시절이었지만 아버지의 높은 교육열과 집안 형편 덕분에 안영모 원장은 의과대학 공부에 전념할 수 있었다.

1955년 서울대학교 의대를 졸업하고 7년간 군의관으로 복무했다. 그때는 배출되는 의대생이 적어서 군의관이 부족하여 군의관 한 명이 3개 중대를 맡았다. 군의관으로 있으면서 육군병원에서 인턴, 레지던트를 마치고 외과 전문의 자격증을 받은 뒤에는 야전병원과 후송병원에서 근무하다가 수도 육군병원에서 제대했다.

제대를 하고 서른셋에 부모 주선으로 아내를 만났다. 그때 아내는 스물여섯이었다. 안영모 원장이 의사이다 보니 약사인 신부들의 선이 몇 번 들어왔지만 어쩐지 마음이 가지 않았고, 이화여대 심리학과를 나온 신부를 아내로 맞아들였는데 그 당시 신여성이었다.

안영모 원장은 병원 개업을 준비하던 중에 판자촌이 즐비한 가난한 사람들이 모여 사는 범천동에 병원이 없다는 사실을 알고 이 지역에 병원을 차린 것이었다. 그때 의대 동기들은 대학병원에서 인턴, 레지던트를 하면서 수련을 하고 있었는데 안영모 원장은 군에서 이미 외과 전문의 자격증을 취득하고 나왔기 때문에 병원을 개업할 수 있었다.

하지만 개업하니까 군에서 취득한 전문의가 소용이 없었다. 개업당시에는 전문의가 별로 없었던 시절이어서 마치 종합병원처럼 환자를 다 받았다.

안영모 원장은 부산 사람들의 존경을 받는 '부산의 슈바이처'로 불리는 사람이다.

1963년, 갓 돌이 지난 아들 Ahn을 안고 당시 부산의 판자촌인 범천동에 4층 건물을 짓고 범천의원을 열었다. 번화가에서 병원을 개업할 수 있었으나 병원이 없는 이곳에 헌신의 자세로 병원 문을 연 것이었다.

의료보험이 시작되기 전까지 시내 병원의 절반 값에 형편이 어려운 환자들을 치료했으며 돈이 없는 이웃들에게는 진료비조차 받지 않았으며 왕진료는 별도로 받지 않고 왕진을 많이 다녔다.

Ahn이 초등학생 시절에 아버지인 안영모 원장이 병원 앞에서 교통사고를 당한 신문배달 소년을 병원으로 데려가 치료해주고 "어린 학생이 돈이 어디 있겠느냐?"며 치료비도 받지 않고 그냥 보냈다. 이 일이 주위에 알려져 신문에 실렸는데 어린 Ahn은 이 신문기사를 보고 아버지로부터 큰 감명을 받았다고 한다.

안영모 원장은 이 지역 주민들을 위한 진료에 정성과 노력을 다했다. 군의관으로 일할 때에 외과의로 있으면서 많은 수술을 했던 경험을 살려 신발공장, 섬유공장에서 기계에 손가락이 잘린 직공들에 대한 접합 수술을 많이 했고, 이웃의 임산부 분만도 받아냈다.

처음엔 하루에 20~30명의 환자가 왔는데 나중엔 150명가량이 몰려왔다. 밤이고 낮이고 문을 두드리는 사람들을 그냥 돌려보낼 수 없어 아예 살림집도 병원 위층에 마련했다. 자는 시간이 따로 없었다. 당시 두 살이던 Ahn은 이곳에서 초·중·고등학교 시절을 보냈다.

가난한 이웃들의 따뜻한 벗

지금도 병원 일대는 어려운 사람들이 사는 작은집들이 모여 있으며 벽마다 오래된 금이 전깃줄처럼 흘러내려 빈민촌 상태를 벗어나지 못하고 있다. 48년이 지난 병원 건물은 인근에 있는 쇠락한 공장보다, 쓰러질 것 같은 집보다도 더 낡았다.

2012년 6월 범천의원이 문을 닫기까지 요즈음 여느 병원과 달리 별도의 원장실, 푹신하고 세련된 소파, 대형 LCD 텔레비전, 데스크톱 컴퓨터, 갖가지 여성잡지, 환한 조명과 벽지…. 어느 것 하나도 없었으며, 원장의 책상은 낡은 나무책상이었다. 그 자신 반세기 동안 병원을 운영했으며, 자식들도 다 자수성가 했는데도 한평생동안 이렇게 검소한 생활을 해온 것이었다.

문을 열고 들어서면 바로 원장 진료실이었다. 대부분의 개인 병원 로비는 환자 대기실 겸 간호사가 차지하고 있는데 간호사는 오히려 뒷방 신세이고 로비가 원장 진료실로 사용되고 있었다. 진찰용 간이침대가 놓여있는데 안영모 원장이 환자를 간호사보다 먼저 맞이했다.

안영모 원장은 헌신을 실천에 옮겨온 사람이다. 하지만 그는 자신을 미화하지 않고 겸손하다. 자신이 실천한 헌신적인 의료 봉사에 대하여 "아프리카에 의료 봉사하러 가는 의사도 얼마나 많은데…" 번화가에 병원을 내지 않고 빈민촌에 병원을 낸 것에 대해서도 "병원이 없어서…" 전문의임에도 불구하고 전문의가 아닌 것처럼 그냥 의원이

라고 간판을 단 이유에 대해서도 "그게 별로 안 중요해서…"라고 말한다,

그는 점심을 거르고 환자를 진료해 왔는데 그 이유에 대해서도 "몸이 야위어서 체표면적이 좁아 발산을 적게 하기 때문에 아침과 저녁만 먹어도 별로 배가 고프지 않아서 점심 때 주스를 마시고…"로 표현한다.

그는 이 지역 병원의 의사이기도 하지만 가난한 이웃들의 따뜻한 벗이 되어왔다. 동네 사람이 찐 고구마를 가지고 가면 맛있게 함께 먹었고 환자들은 진료를 받으면서 가정사 얘기도 했다. 안영모 원장이 살림집을 따로 내기 전인 병원에 딸린 살림집에 살 때 동네사람들이 반상회 하러 가보면 오래된 가구를 수리해서 쓰고 있었다고 한다.

자식의 사표 師表

안영모 원장은 군의관으로 복무할 때 외과 전문의를 땄으나 다시 의학 공부를 해서 마흔 살에 부산대학교 의대에서 의학박사 학위를 취득했다. 그의 공부는 여기서 그치지 않았다. 외과 전문의 자격증이 있지만 지역 주민들에게 좀 더 나은 의료서비스를 하기 위해서 가정의학과 전문의 시험에 도전했다. 쉰 살에 공부를 시작해 쉰여섯 살에 합격하여 가정의학과 전문의 자격증을 취득했다. 그때가 가정의학과 전문의 시험 1회였다.

Ahn이 자신을 주제로 한 TV 프로그램에서 "아버지께서 오십이 다 되신 나이에 공부를 하셔서 전문의 시험에 합격했어요. 나는 나이가 들면 공부와는 자연히 멀어지는 줄 알았는데, 아버지의 모습은 내게 충격으로 다가왔어요. 내가 마흔이 넘은 나이에 유학길에 오를 수 있었던 건 아버지의 말없는 가르침의 영향이 컸습니다"라고 했다. Ahn이 여러 번에 걸쳐 새로운 분야를 공부하고 도전하는 열정적인 삶은 아버지로부터 연유한 것임을 알 수 있다.

안영모 원장이 범천의원을 개원한 나이가 34세(1963년)였는데 Ahn도 아버지와 같은 나이인 34세(1995년)에 벤처기업인 안랩을 창업했다. 아버지가 마흔 살에 박사학위를 받은 것처럼 Ahn은 10년 동안 안랩 CEO로 있다가 그만두고 44세 때 경영학 공부를 위해 미국 유학을 떠났으며, 외과 전문의인 아버지가 쉰 살에 또다시 가정의학과 전문의 자격에 도전한 것처럼 Ahn도 쉰 살인 2011년에 서울대학교 융합과학기술대학원장이 되었다.

자신의 일에는 미친 듯이 몰두하면서 헌신하는 Ahn의 천재성은 돌연변이가 아니다. 멀리는 그의 증조할아버지부터 시작해서 대를 이어왔다. Ahn의 증조할아버지는 양산 서창에서 태어나 목수로 집을 지어주며 이웃들에게 인심을 베풀었다고 한다. 그러다 자식 교육을 위해 부산으로 이주했다.

Ahn의 할아버지는 부산상업학교를 졸업하고 은행 지점장을 지냈다. 이어 Ahn의 아버지는 부산공고를 나왔지만 부친의 권유로 서울대학교 의대를 졸업하고 의사가 되었으며, Ahn 자신도 아버지를 이어 서울대학교 의대를 졸업한 후 의사가 되었다가 벤처기업가, 대학교수, 대학원장를 지냈다

안영모 원장은 장남인 Ahn을 비롯한 2남 1녀 자녀들에게 "금전에 눈을 두지 말고 명예를 중히 여겨라. 지금까지 좋은 일을 했더라도 앞으로 더 많이 해야 한다. 평생 남을 위하는 마음으로 살아라"고 강조해 왔다. 그러면서 헌신적인 삶의 자세를 보여주면서 솔선수범했다.

Ahn은 "지식인의 사회적 책임에 대해 아버지의 생활을 보면서 인생의 가치관을 세웠다"고 말하면서 아버지의 삶을 본받아 나눔을 실천해왔다. 컴퓨터 바이러스 백신을 개인에게 무료로 배포하는 것이나 자신이 소유한 주식 절반으로 재단을 설립하여 사회적 공헌 활동을 하는 것은 아버지로부터 많은 영향을 받았다.

Ahn이 독서광이 된 것도 아버지의 독서 습관을 어릴 때부터 보았기 때문이다. 여든이 넘은 나이임에도 병원에 나와 진료 시간 외에는 책을 읽을 정도였다. 틈틈이 서울보다 가까운 일본 홋카이도에 가서 서점에 들러 책을 사온다. 오직 책을 구하기 위해서 노신사인 안영모 원장은 일본행 비행기에, 때로는 배에 몸을 싣는다. 안영모 원장의 손에는 손때 묻은 책이 앞으로도 계속 들려 있을 것이다.

안영모 원장은 나이가 들면서 간단한 진료만 하고 살림집도 따로 내었지만 48년이 넘도록 같은 건물에서 환자를 돌보아왔다. 개인 의원이라면 5년에서 10년 운영한 뒤 더 좋은 지역으로 혹은 더 큰 규모로 이전하는 게 보통인데도 말이다.

49년 동안, 한자리를 지킨 범천의원은 간판도, 예방접종 포스터도, 진료과목도 모두 옛날 그대로였다. "환자가 계속 오니 내가 어디로 갈 수 있나"며 자리를 지킨 의사도 같은 사람인 안영모 원장이었다. 개업 당시 두 살이었던 어린 아들은 이제 쉰이 넘어 대한민국 대통령 도전에 나선다.

그 동안 여든이 넘은 나이에 적자인 상황임에도 봉사활동의 차원에서 진료를 해왔으나 2012년 5월 아들인 Ahn의 대선 출마와 관련하여 여러 언론에서 병원에 찾아와 진료하는 중에도 무리하게 취재를 하고 의도와 다르게 왜곡된 기사가 보도되자 심한 부담과 당혹감을 느끼고 병원 문을 닫았다.

Ahn은 최근 출간된 저서 《안철수의 생각》에서 "부친이 평소 진료실 책상에서 죽음을 맞고 싶다고 했다"고 말하면서 아들인 자신의 대선 출마에 따른 언론의 등쌀에 서둘러 평생의 업인 환자 진료를 마감했을 땐 마음이 아파서 밤잠을 설쳤다고 한다.

아버지의 삶은 아들인 Ahn에게 있어서 멘토 정도가 아니라 사표(師表)다. 가난한 이웃에 대한 헌신과 봉사, 도전정신, 평생공부와 독서하는 습관, 겸손한 자세와 검소한 생활을 몸소 실천하면서 솔선수범했다. 과장된 표현이 아니라 '콩 심은 데 콩 나고 팥 심은데 팥 난다'는 말을 증명하는 삶을 살아왔다.

안철수 어머니는
어떤 사람인가?

"잘 다녀오세요."

Ahn이 고등학교 2학년 때인 어느 날, 학교에 지각할까 봐 택시를 타야했다. 어머니가 큰길까지 따라 나와 택시를 잡아주었다. 택시가 출발하기 전에 어머니가 아들인 Ahn에게 말했다.

"잘 다녀오세요."

차가 출발하자 택시기사가 Ahn에게 물었다.

"형수님이신가요?"

"어머니이신데요."

Ahn이 이렇게 대답하자 택시기사는 깜짝 놀라면서 이렇게 말했다.

"학생은 훌륭한 어머니를 두었으니 나중에라도 그 은혜를 잊지 않고 잘 해 드려야 합니다."

Ahn의 어머니를 말할 때 가장 많이 회자되는 에피소드이다. Ahn의 어머니 이름은 '박귀남'으로 이화여대 심리학과를 졸업한 당시 신여성이다. 아들에게 평소에 존댓말을 쓰고 심지어 꾸중할 때에도 존댓말을 했던 어머니였다. 이는 자식을 한 사람의 인격체로 존중하는 어머니의 큰 뜻이 담겨있는 모자간의 '예의'였다.

그렇기에 Ahn도 결혼하여 아내에게 존댓말을 쓰고 군대에 군의관으로 가서도 부하들에게 하대하는 것을 힘들어했으며 자신이 창업한 안랩 CEO로 있으면서도 어느 직원에게도 반말을 하지 않고 예의바른 사람이 되었다.

'안정적인 애착'

Ahn의 어머니는 유복한 집안의 셋째 딸로 태어나 차분하고 안정적인 집안 분위기에서 성장하여 자식에게도 정서적인 안정을 베풀었다. 의사인 남편이 돈보다 헌신하는 자세로 가난한 이웃을 진료할 수 있도록 내조하면서 3남매를 훌륭하게 키웠다.

어머니는 자신이 생각하는 삶을 강요하지 않고 자식들의 삶을 존중해주고, 간섭하지 않지만 힘들고 어려울 때는 따뜻하게 품어주는 사랑을 베풀었다.

Ahn이 서울대학교 의대 본과 1학년을 우수한 성적으로 마치고 겨울방학 때 고향집으로 내려갔다가 다음 학기 공부가 걱정되어 예정보다 일주일 일찍 서울로 올라왔다. 하지만 서울의 하숙방에 들어서자마자 외로움과 함께 그동안의 공부에 대한 스트레스와 앞으로 공부에 대한 두려움이 몰려왔다. 정신적으로 힘든 시간을 보내다가 어머니에게 전화를 했다.

"어머니, 공부가 너무 힘듭니다"라고 말하고 울음을 터트렸다.

어머니는 깜짝 놀라서 바로 서울로 올라와서 그날로 Ahn을 데리고 집으로 내려왔다. 며칠 동안 남편인 안영모 원장과 함께 따뜻한 관심과 전문가 상담을 받게 하고 위로로 달래준 다음에 서울로 다시 Ahn을 올려보냈다. 이와 같은 행동을 심리학에서는 '안정적인 애착'이라고 하는데 자식이 성장하면서 힘들 때 안정적인 애착을 통해 자신감을 회복시키면 새로운 도전을 하게 되고 사회성과 리더십을 형성할 수 있다고 한다.

세 가지 가르침

Ahn의 어머니는 '자식교육은 부모'라는 말을 새삼 실감케 하는 사람이다. 공부나 독서 진로 등의 세부적인 사항은 자식이 스스로 판단하게 하고 충고를 많이 하지 않는 대신에 다음의 세 가지 삶의 원칙을 잘 지키고 살 것을 당부했다고 한다.

첫째, 사람은 어떤 환경에서도 항상 자신에게 주어진 일에 최선을 다하며 살아야 한다. 어떤 일을 하는 것이 중요한 것이 아니라 그 일을 얼마나 열심히 하느냐가 중요하다.

둘째, 깨어 있는 모든 시간에 나 자신 보다 남을 먼저 생각하고 배려해라.

셋째, 자기 자랑을 하지 말고 남이 해 주는 칭찬에 우쭐하지 말아야 한다.

Ahn은 성장하면서 항상 어머니의 이 세 가지 가르침을 명심하고 행동했으며 특히 사회적으로 유명인사가 되면서, 세 번째 남의 칭찬에 우쭐하지 말아야 한다는 어머니의 말씀을 되새기며 교만한 마음이 들지 않고 겸손한 마음을 가지려고 애썼다고 한다.

안철수 딸과 동생은 어떤 사람인가?

보육 문제로 딸 하나만 낳아

Ahn은 아내인 김미경 교수가 레지던트 1년차 때에 딸을 낳아 레지던트 수련을 하는 3년 내내 육아 문제로 병원에서 어려움이 많았다. 출산휴가도 두 달인데 병원이 바쁘다고 하여 한 달 밖에 못 쉬고 선배들 눈치도 보여서 마음고생을 많이 했고, 키우는 일도 막막했다. 그래서 처음엔 Ahn이 꽤 떨어져 있는 장모 집에 출근할 때 딸을 맡기고 퇴근할 때 데려오곤 했다 그러다 장모가 너무 힘들어하는 것 같아 1년에 3분의 1 정도는 부산 어머니에게 맡겨 이산가족이 되기도 했다.

이런 형편이다 보니 직장 눈치도 보이고 키우기도 막막해 둘째 아이는 생각도 못했다고 한다. 한번은 잠깐 아이를 돌봐주는 아주머니를 구한 적이 있었는데, 어느 날 일찍 퇴근해 보니 딸 혼자 마루에서 울고 있었고 아주머니는 무심하게 목욕을 하고 있었다고 한다.

당시 Ahn이 의대 대학원을 다니면서 조교를 했는데 월급이 30만 원 정도였다. 아내와 함께 둘이 벌어도 대학원 등록금 내기가 빠듯했고, 생활비도 부족해 일하는 사람 도움을 받기 어려웠다. 양가 부모에게는 때때로 딸을 맡겨 신세지는 것 외에는 절대로 손을 벌리지 않았다고 한다.

과학자의 길

Ahn의 자녀는 외동딸 한 명이며 이름은 '안설희(1989년생)'이다. 중학교 1학년 때 어머니인 김미경 교수가 의사 생활과 의대 교수를 접고 미국에 유학 갈 때 함께 갔다. 나중에는 아버지인 Ahn마저 미국에 유학하다보니 딸은 미국에서 중·고등학교를 다닐 수밖에 없었다. 공립 중·고등학교에 보냈으며 과외도 시키지 않았다. 그렇다 보니 국어도 잘 못하고 더욱이 한국사는 전혀 배울 수 없었다.

그래서 한국의 대학을 가기보다 미국 대학에 진학하는 것이 수월하여 명문인 펜실베이니아대학교에 입학했다. 화학과 수학을 복수 전공하여 4년 만에 석사학위를 받았다. 석사과정까지 한꺼번에 마치려다 보니 방학도 없이 공부를 해야 했다. 수학 쪽에 더 관심이 많아 스탠퍼드대학교 수학 박사 과정에 진학하여 과학자의 길을 걸을 것이다.

Ahn은 딸이 전공을 결정하는 과정에서 "자신에게 맞는 선택을 해야 한다. 해당 전공에 대한 일반적인 평가라든가 향후 전망은 중요하지 않다. 결국 본인이 판단해야 한다. 부모도 대신해 줄 수 없다. 설사 후회하더라도 감정을 낭비하지 말고 건설적인 후회를 하라"고 말했다고 한다.

Ahn은 부모가 한 말과 행동이 자녀에게 영향을 미치기 때문에 말과 행동 하나하나에 신경을 썼다고 한다. Ahn은 자녀 교육 방법으로 "아이에게 책을 읽으라고 이야기하지 말고 부모가 직접 책을 읽는 모습을 보여주라"고 강조했다. 아버지가 했던 방식대로 Ahn은 자신의 자녀 교육에도 적용한 것이다. 엄마인 김미경 교수도 수학을 전공하는 딸과의 소통을 위해 수학 공부를 하기도 했다고 한다.

Ahn이 자녀 교육의 으뜸으로 '배려하는 마음가짐'을 드는 것도 부친과 꼭 닮았다. Ahn은 딸에게 어릴 때부터 '배려하는 마음가짐'의 중요성을 강조했다. 딸은 초등학교 다닐 때 아버지인 Ahn의 말을 충실하게 따라서 양보만 하는 바람에 친구들에게 손해만 보고 들어왔다. 아버지 입장에서 몹시 속이 상하여 다른 아이의 부모에게 달려가 애를 바르게 키우라고 하고 싶은 마음이 들기도 했지만 딸을 달래면서 남을 배려하라고 말할 수밖에 없었다고 한다.

선하고 이지적인 이미지

Ahn은 딸이 어릴 때 아내가 바쁘면 딸을 데리고 동물원이랑 놀이공원 같은 데 많이 다녔다. Ahn은 미국에서 공부하고 있는 딸과 3년간 함께 살던 시절에 딸이 옆에서 왔다 갔다 하고 몇 마디 말이라도 나누던 평상적인 일상을 그리워한다.

Ahn은 미국 출장을 가면 공식 일정을 소화한 뒤에 점퍼 차림의 편안한 복장으로 딸과 함께 펜실베이니아대학교 교정을 거닐며 대화를 나누고 벤치에서 책도 읽고, 줄을 서서 커피를 사서 마시고, 대학 주변의 한식당에서 식사하는 시간을 가지기도 했다.

요즘도 귀국하여 집에 오면 휴일 아침 시간에 함께 영화도 보러 가는데 Ahn이 야구 모자를 쓰고 가면 알아보는 사람이 없다고 한다.

딸인 안설희 씨는 아버지인 Ahn과 국화빵처럼 닮았고 성격도 비슷하다고 한다. 전자제품 만지는 것을 좋아하고 게임도 아버지와 같이 하고. 부자간인지, 부녀간인지 모를 만큼 성격도 아버지와 닮았다.

포털사이트에서 '안철수 교수의 살아가는 이야기'를 검색해 보면 안설희 씨가 열네 살 때 부모와 함께 찍은 흑백사진이 있는데 정말 귀엽다. 그리고 '안철수 딸 미모'를 검색해 보면 스물두 살 때인 2010년에 안설희 씨가 조부모와 부모와 함께 찍은 컬러사진이 있는데 중학생처럼 앳되고 이지적인 얼굴이다. 언젠가 안설희 씨의 현재 모습의 사진이 공개되면 굉장한 화제를 불러일으킬 것이다.

남동생과 여동생

Ahn은 2남1녀 중에서 장남이다. 남동생은 안상욱 씨이며 경희대 한의대를 졸업한 한의사로 서울에서 한의원을 하고 있다. 여동생은 안선영 씨이며 부산대학교 의대를 나온 남편과 부산에서 치과를 운영 중이다. 인터넷에 나와 있는 여동생 사진을 보면 오빠인 Ahn을 쏙 빼닮은 얼굴로 깔끔한 이미지를 주고 있다.

두 동생은 형이나 오빠인 Ahn의 이미지에 누가 되지 않기 위하여 매사에 조심을 하고 있다고 한다.

가족이 호가호위狐假虎威하고 비리를 저지를 가능성은?

한마디로 그 가능성은 제로다. 가족들 모두 헌신과 배려와 겸손과 검소함이 몸에 배어있는 사람들이다.

아버지는 빈민촌에 병원을 차려 한평생 한 곳에서 헌신과 봉사의 자세로 가난한 이웃들을 돌보면서 검소한 생활로 일관했다. 아들인 Ahn이 자신이 소유하고 있는 주식 절반을 처분한 1,500억 이상의 돈을 사회에 기부할 정도이면서도 아버지의 병원은 여전히 49년 전 그대로였으며 여느 병원에서도 다 갖추고 있는 소파나 벽걸이 TV 심지어 변변한 컴퓨터 하나 제대로 두지 않을 정도였다, 어머니도 자식들에게 배려와 정직을 교육시켜온 사람이다.

아내도 서울대학교 의대 교수로 전문직에 종사하면서 사회에 대한 헌신의 자세를 가지고 있다. 결혼할 때 화장을 하고 그 후 하지 않을 정도이며 정장 옷도 몇 벌밖에 되지 않을 정도로 검소한 생활을 하고 있다. 딸도 미국에서 과학자의 길을 걷고 있다.

남동생은 한의사로 있으며 여동생은 치과병원을 운영하고 있다. 모두다 의료계와 관련된 전문직에 종사하고 있다. Ahn은 자신이 창업한 안랩에서조차도 친인척을 채용하지 않을 정도였다.

무엇보다도 지금까지 살아온 삶의 자세나 가정교육, 성품 등을 볼 때 비리가 아니라 호가호위(狐假虎威)도 하지 않을 것이며 하지 못하게 할 것이다. Ahn이 대통령이 된다면 아마 역대 정권에서 보지 못한 친인척들의 깨끗하고 맑은 모습을 보게 될 것이다.

2

인간 안철수
어떤 길을 걸어왔나?

안철수,
그는 누구인가?

Ahn은 의사, 컴퓨터 프로그램 전문가, 기업가, 교수, 대학원장 등을 거치면서 도전정신과 강력한 추진력, 기업가 정신을 발휘해 왔으며 청렴성과 겸손함, 지적인 이미지를 갖고 있는 인물로 평가받고 있다. 여러 학문을 섭렵하여 이론으로 무장된 콘텐츠를 가지고 있으며 다채로운 경험과 IT전문가로서 글로벌 시대에 적합한 이미지를 가지고 있다.

그는 젊은이들의 대표적인 멘토이며 '가장 존경받는 기업인'으로 선정되었다. 멘토 삼고 싶은 인물 1위, 함께 일하고 싶은 CEO 1위, 2020세대 창의성 롤 모델 1위, 차세대리더 경제부문 1위, 21세기 아시아의 리더 30인에 선정되었다.

사람이 살아온 지난 과거는 되돌리거나 다시 살아갈 수는 없다. 살아온 모습은 그대로 고스란히 남아있는 것으로 속일 수 없다. 삶의 궤적이 바로 그 사람의 진면목이며 미래를 판가름할 수 있는 바로미터다.

드라마틱한 이력과 스토리를 갖고 있는 Ahn의 삶의 궤적을 따라가 보자.

호기심 많은 소년

Ahn은 1962년 부산에서 2남 1녀 중 장남으로 태어났다. 그는 아버지가 운영하는 개인 병원인 범천의원에 딸린 집에서 두 살부터 고등학교 졸업할 때까지 생활했다. 남동생과 여동생을 괴롭히거나 때린 적이 없으며 친구와 싸운 적도 없었다고 한다.

그는 조용하고 내성적인 성격으로 잘하거나 좋아하는 운동도 없었다. 책을 읽거나 마당에서 닭을 키우고 토끼를 키우는 것을 좋아했다. 매사에 호기심이 많은 Ahn은 한번은 메추리를 부화시키겠다고 이불 위에서 메추리알을 품다가 잠이 들어 알을 깨트린 일도 있었다. 어릴 때부터 집 안에 있는 라디오, 시계, 모형 비행기 등 기계제품들을 끄집어내어 분해하고 다시 조립하곤 했다.

Ahn은 어려서부터 책을 읽으며 왕성한 독서력을 길러왔다. 그는 닥치는 대로 책을 읽었다. 초등학생 시절 학교 도서관의 책을 매일 몇 권씩 읽어 학교 도서관에 있는 책을 다 읽다시피 했다. 도서관 사서는 매일 몇 권씩 대출과 반납을 하는 Ahn이 장난치는 걸로 의심해 대출을 거부할 정도였다. Ahn은 "당시 책의 페이지 수, 발행일, 저자까지 모두 다 읽고, 바닥에 종이가 떨어져 있으면 그것마저도 읽어야 직성이 풀리는 활자 중독증이었던 것 같다"라고 회고했다.

Ahn이 중학교 2학년 때 과학 잡지에 아이디어를 응모해 라디오를 선물로 받았는데 완성품이 아닌 부품으로 와서 그걸 납땜을 해서 완성품 라디오를 만들었다.

의사의 길

부산에서 학창 시절을 보내며 부산동성초등학교, 부산중앙중학교, 부산고등학교를 졸업하였다. 초등학교 때 학교 성적은 중간 정도였다. 하지만 독서를 좋아했고 공부하는 방법이 달랐다. 점수를 올리기 위해 문제집을 풀어 O, X로 배우는 게 아니라 기본이 되는 교과서와 관련된 책들을 탐독했다.

특이한 것은 그때 이후 성적이 떨어진 적이 없이 계속 올라가면서 서서히 두각을 나타냈다. 고등학교 2학년 때까지 반에서 1등을 한 적은 한 번도 없었으나 3학년에 올라가서 1등을 했고 졸업할 때에는 부산고등학교 전체에서 1등을 했다.

1980년 서울대학교 의대에 입학했다. 그는 기계 다루는 것을 워낙 좋아해서 공대에 가고 싶었지만 의사인 아버지가 말은 안 하지만 의대에 가기를 바라는 것 같아 아버지를 기쁘게 해드리려고 의대에 갔다고 한다. 서울대학교 의대에 들어가서 졸업 때까지 장학금을 받아 학비가 들지 않았다. 어머니가 학비를 모아 결혼할 때 선물로 줬다고 한다.

대학시절 가톨릭 학생회 의료 봉사활동 동아리에 가입하여 토요일이면 가난한 동네 의료 봉사를 하고 방학 때면 무의촌을 찾아다니면서 환자들을 돌보던 경험은 더불어 살아가는 구성원이 어떤 역할을 해야 할지에 대해 생각하게 해주었다.

'함께 살아가는 사회에서 역할이 무엇인가?'

의대 본과 2학년 때에 신자는 아니었지만 가톨릭학생회 의료 봉사활동 동아리에 가입하여 본과 4학년 졸업할 때까지 3년간 활동했다. 매주 토요일 오후에 서울 구로동의 한 성당을 빌려서 의료 봉사를 하고 방학 때면 두메산골 무의촌을 찾아다니면서 환자들을 돌보았다.

무의촌 의료 봉사를 가면 기본적으로 대변검사를 해서 회충 알이 나오면 구충제를 먹게 했는데 어느 해 여름에 Ahn이 대변검사를 맡았다. 수백 명의 변을 채취해서 푹푹 찌는 더위 속에 현미경으로 들여다보면서 회충 알이 있는지 찾아내는 작업을 한 것을 좋은 추억으로 간직하고 있다.

그는 의료 봉사활동을 통해 가난하고 어려운 형편에 놓여있는 많은 삶을 접했다. 그는 논리적으로 '사람은 돈보다 귀한 존재'라고 생각했었는데 돈이 없으면 사람의 존엄성이 보장되지 않는다는 사실을 목격했다. 가족 관계는 무엇보다도 소중한 것이라고 생각했었는데 돈이 없어 먹고 살기가 힘들어 가족이 해체되는 경우도 보았다.

그가 서울 구로동에서 의료 봉사활동을 할 때 어떤 할머니가 류머티스 관절염이 심해 거동이 불편하여 왕진을 다녔다. 할머니와 초등학생 손녀가 사는 집이었다. 처음에는 아들 부부와 함께 네 가족이 살았는데 아들이 아프니까 며느리가 집을 나갔고 나중에 아들이 병으로 죽자 할머니와 손녀만 남았다.. 그러다 할머니가 몸져누우니 초등학생 손녀가 신문 배달을 해서 먹고 살았는데 중학생이 되어 사춘기에 접어들자 가출을 해버렸다. 결국 할머니는 숨진 채 발견되었다. 그는 그때 황석영의 《어둠의 자식들》 같은 소설을 많이 읽었는데, 소설보다 현실이 더 끔찍하다는 생각을 했다고 한다.

이와 같은 경험은 자신이 어릴 때부터 청소년기를 보낼 때까지 빈민가에 위치한 아버지의 병원에 딸린 집에서 목격한 동네 이웃의 삶의 모습과 중첩되면서 사회 현실에 대한 고민을 하게 했다. 그는 '함께 살아가는 사회에서 각자 해야 하는 역할이 무엇인가?'의 물음을 스스로에게 던지면서 더불어 살아가는 구성원이 어떤 역할을 해야 할지에 대해 많은 생각을 했다. 그는 지금도 그 당시의 경험을 잊지 않고 있으며 많은 느낀 점을 가슴에 간직하고 있다.

그는 서울대학교 의대 본과에 재학 중이던 1982년, 하숙집 룸메이트가 가지고 있던 애플 컴퓨터를 구경하면서 처음으로 컴퓨터와 접하게 되었다. 그는 어린 시절부터 기계 만지기를 좋아했기에 컴퓨터에 쉽게 익숙해졌고, 이듬해 자신의 개인용 컴퓨터를 구입하면서 본격적으로 컴퓨터를 다루게 되었다.

서울대학교 의대를 졸업할 무렵의 성적은 최상위 그룹에 들었다. 1986년 서울대학교 의과대학을 졸업하고 서울대학교 대학원 의학과에 진학하면서 전공을 생리학으로 선택했다. 아버지는 환자를 돌보는 의사가 되기를 원했으나 Ahn은 기초의학을 하겠다면서 아버지의 뜻을 꺾고 학문의 길을 선택했다.

환자를 진료하는 의사 대신 연구직을 선택한 것은, 환자 한 사람 한 사람을 진료하는 것도 의미 있는 일이지만, 인체에 대한 근본적인 연구를 통해서 병의 원인을 밝히는데 기여할 수 있다면 보다 많은 사람들에게 도움이 될 것이라는 생각 때문이었다. 서울대학교 의대 1년 후배인 그의 아내도 환자를 진료하는 임상의사가 아니라 연구직인 병리학을 전공한 의학박사다.

생리학 중에서도 전기생리학을 전공으로 선택한 Ahn은 실험에 쓰이는 기계를 컴퓨터와 연계시켜 보겠다는 생각으로 컴퓨터 언어인 기계어를 공부하면서 컴퓨터 바이러스 존재를 알고 있었다. 1988년 2월 의학 석사 학위를 받고 박사 과정에 들어갔다.

운명을 바꾼 '브레인 바이러스'

1988년 5월, 의대 박사 과정에 있던 Ahn은 컴퓨터를 켜는 순간 화면에 'Brain'이 떠있는 것을 보고 깜짝 놀랐다. 컴퓨터 모니터의 화면이 꿈쩍도 하지 않았다. 컴퓨터 바이러스가 플로피디스켓을 통해 컴퓨터에 침입한 것이었다. '브레인 바이러스'라는 이름의 컴퓨터 바이러스는 Ahn에 있어서 인생의 전환점이었다.

컴퓨터에 문제를 일으킨 'Brain'이라는 컴퓨터 바이러스가 컴퓨터의 기능을 망가뜨리는 프로그램이라는 것을 알고 있었던 그는 이때 컴퓨터 기계어를 마스터한 상태였다.

그는 컴퓨터 바이러스를 치료할 수 있는 프로그램 '백신'을 개발해 '컴퓨터 의사'로서의 첫발을 내디뎠다. 1988년 대한민국 최초로 'V1'이라는 안티바이러스 프로그램을 만들면서 '컴퓨터 백신'이라는 개념을 세상에 알렸으며 무료로 배포했다. 이후 당시 악명을 떨친 LBC 바이러스, 예루살렘 바이러스 등을 치료하는 기능이 추가된 'V2', 'V2Plus' 등을 차례로 발표하면서 지속적으로 업데이트를 하였다.

서울대학교 의대 박사 과정에 있으면서 결혼을 했고 1989년 단국대학교 의대 전임강사가 되었으며 1990년에는 단국대학교 의예과 학과장으로 재직했다. 1991년 2월에 박사학위를 받고 해군 군의관으로 입대했다. 그동안 Ahn은 매일 새벽 3시에 일어나서 6시까지 백신 프로그램을 만들고 출근하여 박사학위 과정을 밟았고 의대생들을 가르친 것이었다.

군의관으로 입대하기 전날 새벽까지 '미켈란젤로' 컴퓨터 바이러스를 치료할 수 있는 'V3'를 만든 뒤 PC통신을 통해 배포하고 허겁지겁 군에 입대하느라 막상 가족과는 제대로 송별회도 못했다. 경남 진해에서 군대 생활을 하면서도 바이러스 백신을 만드는 일을 게을리 하지 않았다. 그는 이 프로그램들을 모든 사용자에게 공개해 자유롭게 사용하도록 했다.

해군 군의관으로 복무한 후 1994년 4월에 대위로 전역하였다. 그는 고민에 빠졌다. 의대 교수를 계속한다면 의대생들이 자신의 인생을 걸고 공부하는데 교수로서 학생들을 가르치는데 전력을 기울여야지 컴퓨터 백신 프로그램을 만드는 이중생활을 할 수가 없었다.

그는 이제 선택의 갈림길에 섰다. 컴퓨터 바이러스를 막는 백신 개발은 정보강국으로 가는 지름길이라고 판단하고 사람을 고치는 의사 대신 '컴퓨터 병을 고치는 의사'로 진로를 바꾸기로 마음먹었다. 안정적인 의대 교수직을 버리고 불안정한 컴퓨터 백신 프로그램 개발자의 길을 가겠다고 마음먹은 것은 평범한 선택이 아니었다. 그래도 그것은 사회에 꼭 필요한 일이었고 누군가는 해내야 하는 일이었다.

의사의 길 포기

그는 20대 의학박사, 의대 교수로 이어지던 의학자의 길을 포기했다. 의대를 졸업하고 환자를 진료하는 의사가 아니라 연구직을 택한 그에게는 나름대로의 꿈이 있었다. 전공인 생리학 분야에서 열심히 연구해서 언젠가는 노벨의학상을 받겠다는 꿈이었다. 너무나 아쉬웠다. 하지만 그는 스스로 포기하거나 체념한 것은 잘 잊는 편이다.

의사의 길을 버리고 새로운 일에 도전한다는 것은 그의 인생에서 가장 큰 변화를 가져온 선택이었다. 이때 그가 고민하면서 깨달았던 것은 어떤 일을 선택할 때는 과거를 잊어버리라는 것이 중요하다는 것이다. 과거에 아무리 커다란 성공을 하였든 혹은 치명적인 실패를 하였든 간에 그런 것들은 중요하지 않으며 항상 현실에 중심을 두고 미래를 생각하는 마음가짐이 필요하다는 것이다. 자신도 발전할 수 있고, 재미있게 일을 할 수 있으며, 다른 사람에게 도움을 줄 수 있는지를 생각해야 한다는 것이다. 즉 사명감과 함께 남들 보기에 좋은 일보다는 내가 정말 하고 싶은 일을 해야 한다는 것이다.

대선 출마와 관련하여 시사하고 있는 바가 많은 대목이다.

그는 이렇게 말한다.

"재미있게 일을 할 수 있다는 것에 큰 비중을 두지 않는 사람이 더러 있다. 그러나 나는 이것이 무엇보다도 중요하다고 생각한다. 재미있다는 것은 오랫동안 열정을 가지고 일을 할 수 있다는 것과 직결된다. 아무리 성취감과 보람이 있는 일이라도 열정을 가질 수 없다면 계속해서 그 일을 하기 힘들며 그 분야에서 최고가 되기는 더더욱 힘들다."

아내는 Ahn이 의사를 그만둘 때 크게 아쉬워하면서 "남편이 남들 다 가는 임상의사의 길을 버리고 생리학을 선택할 때 '이 사람은 노벨상도 받을 수 있겠구나' 하는 확신이 있었다. 그 분야에서도 남편은 V3 같은 획기적인 업적을 이룰 것이라고 믿었다. 그런데 컴퓨터 관련 일을 한다니까 안타까웠지만 크게 반대는 못했다. 그렇게 결심한 데는 그만한 이유가 있다고 생각했다"고 한다.

부모도 그가 어렵게 공부한 의학 분야가 아닌 컴퓨터 백신 프로그램을 만드는 회사를 설립한다고 했을 때 당황하면서 반대의사를 표명했다. 아버지는 "괜찮겠니? 넌 공부만 하던 사람인데 어떻게 사업을 할 수 있겠어? 사업은 아무나 하는 게 아니라더라"고 했고 어머니도 "다시 한 번 생각하세요. 사업은 힘든 일이라고 들었어요. 딸 생각도 해야죠"라고 했지만 Ahn의 의지를 꺾을 수는 없었다. 아버지는 속으론 아까웠지만 '원래는 기계를 만지는 공대에 가고 싶어 했으니까' 하고 이해했다.

그렇게 호소를 했건만

1994년 7월, 컴퓨터 바이러스 백신 프로그램 개발자의 삶을 선택한 그는 먼저 비영리법인 형태의 컴퓨터 바이러스 연구소를 설립하기 위한 계획을 세우고 정부와 기업에 호소했다. 컴퓨터 바이러스 퇴치의 공적인 기능을 중요시하게 여기고 공익 연구소를 세워서 주도해달라고 설득했다.

더불어 자신이 개발한 프로그램 소스와 자료를 모두 무상으로 제공하고 자신은 그 연구소에서 열심히 백신 프로그램 개발에 일생을 바치겠다는 조건이었다. 하지만 그의 호소는 거절당했다. 그는 컴퓨터 바이러스와 싸우는 연구에만 몰두하고 싶었지만 결국 스스로 회사를 차려야 했다.

1995년 3월 15일, 주식회사 형태의 '안철수컴퓨터바이러스연구소'가 서초동 골목의 조그마한 사무실에서 Ahn을 포함한 7명의 인원으로 첫발을 내디뎠다. 개인에게는 백신을 무료 보급하고 기업들에만 사용료를 받아 기업을 운영하기로 했다. 현재도 개인에게는 'V3 Lite'라는 이름으로 무료 배포하고 있다

미국 유학에서의 이중생활

창업을 하고 몇 달 지나지 않은 1995년 9월, Ahn은 미국 유학을 결심했다. 그전부터 유학을 해야겠다고 마음먹고 있었기도 했지만 새로운 회사 경영에 관하여 책에서 얻는 지식으로는 한계가 있으며, 장기적인 비전 실현과 경영능력을 기르기 위해 IT강국인 미국에서 공부하기로 결심한 것이었다. 어느 누가 벤처기업을 창업해 놓고, 앞으로 경영을 잘하기 위해서 유학할 수 있겠는가? 이것은 장기적인 시각으로 결정한 것이며 임직원들을 믿었기 때문이다.

그는 미국 유학을 떠나 펜실베이니아대학교 공대 테크노 MBA 과정에 입학했다. 엔지니어들에게 경영을 가르쳐주는 프로그램이었다. 영어를 어느 정도 한다고 생각하고 미국에 갔지만 막상 가보니 말이 통하지 않았다. 자신이 그동안 했던 영어는 주로 의학 용어였던 것이다. 최선을 다해야 했다.

강의 시간에는 아예 강의를 녹음해 버렸다. 필기도 하나도 빼놓지 않고 열심히 했다. 집에 돌아와서 다시 기억을 떠올리며 복습을 했다. 워낙 집중해서 강의를 듣다보니 녹음테이프를 들으면서 교수가 강의하면서의 몸짓 하나하나까지 떠올랐다. 복습이 끝나면 다음 시간에 배울 내용을 예습했다. 예습 없이는 강의를 알아듣는 것 자체가 힘들었기 때문이다.

그는 웬만큼 공부를 해도 충분히 학위를 받을 정도는 되었다. 하지만 그는 선택한 일에 대해서 병적일 정도로 열심히 하는 스타일이다. 철저히 복습과 예습을 했고 스스로 만족할 만한 리포트를 작성하기 위해 자주 밤을 새웠다.

그리고 한국의 회사 일이 그를 기다리고 있었다. 책상 앞에 앉아 컴퓨터를 켜면 인터넷을 통해 결제를 부탁하는 직원들의 이메일이 반짝거렸다. 회사 일과 공부, 두 가지를 제대로 해야겠다는 생각에 생활 계획도 빡빡하게 짰다. 일과 공부의 양이 늘어나자 잠자는 시간도 대폭 줄여야 했다. 그래서 이틀에 하루는 밤을 새울 수밖에 없었다.

"팔 수 없습니다."

1996년 1월이 되어서야 비로소 판매를 목적으로 하는 첫 상용 제품 'V3Pro 95'를 선보였다. 하지만 회사의 경영 상태는 적자에 허덕이면서 여전히 어려움을 겪고 있었다.

1997년 6월, 미국 유학의 막바지에 접어든 Ahn에게 전화 한 통이 걸려왔다. 세계적인 컴퓨터 바이러스 백신 회사 맥아피의 대외업무 부서였다. 그는 실리콘밸리로 가서 맥아피의 빌 라슨 회장을 만났다. 빌 라슨 회장은 1,000만 달러에 안랩(당시 이름은 안철수컴퓨터바이러스연구소)을 인수하겠다는 제안을 했다. 창업한지 2년 밖에 안 된데다 적자에 허덕이고 있는 상황의 연구소를 1,000만 달러에 인수하겠다는 것은 파격적인 제안이었다.

하지만 Ahn은 한마디로 단 번에 "팔 수 없습니다" 하고 거절했다.

당시 맥아피는 전 세계적으로 자사 제품을 판매하기 위해 사업을 확장하고 있었는데 안랩 제품 때문에 한국에 진출하지 못했기 때문에 안랩을 인수한 후 폐기하고 자사 제품으로 한국 사업을 독점하기 위해서 이러한 인수를 제의한 것이었다.

하지만 그는 안랩 창립 목적이 공익 차원의 연구를 통해 사회 구성원으로서 사회에 기여하는 것이며, 안랩을 매각한다면 직원들은 실업자가 된다는 것과 한국 국민들이 비싼 외국 백신 제품을 구입할 수밖에 없다는 사실을 직시했고, 더구나 사이버 보안을 외국 기업에 의존하게 해서는 안 된다는 원칙을 가지고 있었기 때문에 거절했던 것이었다.

그는 그 후에 "결정에 대해서 한 번도 후회해본 적이 없어요. 감정을 소비하는 후회는 원래 하지 않아요. 중요한 결정을 내릴 때에는 돈과 명예만 빼고 생각해야 올바른 답을 낼 수 있어요. 내가 올바른 결정을 내리면 돈과 명예가 따라올 수 있지만, 돈과 명예만 보고 내린 결정은 결국에는 올바르지 못한 선택이었다는 게 드러나게 마련입니다"라고 했다.

1997년 9월 펜실베이니아대학교 공학석사 학위를 받고 귀국하여 안랩 CEO로서 경영일선에 복귀했다.

'별 너머의 먼지'

1997년 유학 생활을 마치고 한국에 온 이틀 후 Ahn은 쓰러졌다. 세미나와 강연회에 참가한 직후였는데 원인은 급성간염이었다. 미국 유학 생활에서의 과로가 누적된 탓이었다.

유학 기간인 1995년 9월부터 1997년 8월까지의 2년은 개인적인 휴식에는 시간을 전혀 투자하지 않았다. 늘 몸과 마음이 바빴다. 유학에서의 공부와 함께 미국과 서울을 한 달에 한 번씩 오가면서 안랩도 꾸려가야 했기 때문이었다. 몸이 거덜 났다는 표현이 처음으로 실감나는 순간이었다.

입원 후 치료를 받은 후 퇴원을 하고 집에서 치료를 받던 중 복수가 차오르는 등 상태가 다시 악화되어 1997년 10월말에 다시 입원해야 했다. 상태가 너무 나빠져서 신약 임상시험을 받아야 할지를 고려해야 할 정도였다. 그러던 11월 둘째 주에 한국 정부가 IMF와 조약에 서명하는 장면을 TV를 통해 보아야 했다.

그의 건강은 계속 악화되었고 국가 부도 위기 상황에서 안랩과 같은 조그마한 벤처기업이야 태평양에서 풍랑 맞은 조각배 신세였다.

다행히 병세가 조금씩 차도를 보이면서 1997년 한 해가 저물어 버렸고, 1998년 새해를 병상에서 맞았다. 3개월간 입원한 후에야 퇴원할 수 있었다.

그는 당시 입원해 있을 때 창 아래로 걸어가는 사람들이 그렇게 부러울 수가 없었다고 한다. 황달 때문에 눈동자가 늘 노랬는데 거울을 볼 때마다 눈동자가 다시 흰색으로 돌아올 수 있을까 자문하곤 했다는 것이다.

하지만 그는 그 상황을 겸손하게 받아들였다. 상태가 심각했을 때에도 죽음에 대해서는 별로 심각하게 생각하지 않았다고 하면서, 2001년에 발간한 그의 저서 《CEO 안철수, 영혼이 있는 승부》에서 당시 상황을 이렇게 회고했다.

"사람으로서 당연히 지켜나가야 할 중요한 가치가 있다면 아무런 보상이 없더라도 그것을 따라야 한다고 생각한다. 내세에 대한 믿음만으로 현실과 치열하게 만나지 않는 것은 나에게 맞지 않는다. 또 '영원'이 없다는 이유만으로 살아있는 동안에 쾌락에 탐닉하는 것도 너무나 허무한 노릇이다. 다만 언젠가는 같이 없어질 동시대 사람들과 좀 더 의미 있고 건강한 가치를 지켜가면서 살아가다가 '별 너머의 먼지'로 돌아가는 것이 인간의 삶이라 생각한다. 지금도 그 시절을 생각하면 내가 정상적으로 활동할 수 있는 이 시간이 얼마나 소중한지 모른다. 그래서 일 분 일 초도 헛되게 보내지 말아야 한다는 생각을 하게 된다."

'준비된 기회'

그는 건강을 되찾은 후에 이제 본격적인 경영자의 길을 걷기 시작했다. 그는 IMF 환란의 위기를 기회로 만들었다. 그는 미국 유학을 하는 동안 그동안 자신이 경영자로서 얼마나 부족한지, 모르는 분야가 얼마나 많은지를 깨달았기 때문에 안랩 경영에 있어서 위험 관리를 최우선 과제로 선택하고 가능하면 리스크를 최소화시켰다.

투자가 필요하면 가능한 한 빚을 얻어 쓰지 않고 자기 자본으로 썼고, 같은 비용을 쓸 때도 고정비용으로 안 쓰고 변동비용화 해서 썼다. IMF 환란이 오면서 공격적으로 빚을 얻어서 경영하던 회사는 다 쓰러졌지만, 안랩은 빚이 최소화였고 비용구조가 워낙 유연해서 살아남을 수 있었다. 또 IMF 환란으로 대기업이 어려움을 겪게 되자 중소기업으로 훌륭한 인재가 오기 시작했다. 그러다보니 IMF 환란이 위기가 아닌 기회가 되었다.

그는 내부적으로 연구와 개발에 투자하고 인사 시스템을 만들고, 외부적으로는 채널망을 통해서 협력업체를 많이 만들었고 이런 일을 하면서 1998년을 보냈다.

1999년 4월 26일. 컴퓨터 바이러스 대란이 일어났다. 'CIH바이러스'라는 이름의 컴퓨터 바이러스가 1년에 한 차례 기승을 부리는 날이었다. 4월 26일은 1986년 구 소련의 체르노빌 원자력 발전소에 불이 나 인류 역사상 최악의 방사능 유출 사고가 벌어진 날이다. CIH 바이러스는 그래서 '체르노빌 바이러스'라는 별명을 가지고 있었다.

Ahn은 사전에 계속해서 사람들에게 CIH 바이러스의 위협을 경고했다. 하지만 기업이 아비규환에 빠지고 업무가 마비됐으며 상상할 수 없을 정도의 경제적인 피해를 냈다. 이날 전국에서 30~50만대의 컴퓨터가 CIH바이러스에 감염되어 동시에 다 망가졌다.

'CIH 바이러스' 사건은 안랩에게 있어서 '준비된 기회'였다. 당시 안랩의 직원이 50명 정도 있었는데 CIH 바이러스에 감염된 컴퓨터 치료로 북새통을 이루었다. 'CIH 바이러스' 사건으로 컴퓨터 백신에 대한 국민적 관심도가 높아지면서 1년 동안 시장이 네 배로 성장했다. 안랩의 획기적인 발전의 계기가 되면서 매달 월급 걱정하는 수준에서 탈피하고 흑자로 전환되었다.

그는 이때 "운이라는 것은 기회가 준비와 만난 순간이다. 모든 사람들에게 기회가 오지만 준비된 사람만이 그 기회를 자기 것으로 가질 수 있다는 것이다"라고 말했다. 이는 준비가 안 된 상황에서는 그 기회가 열어줄 가능성을 감당하지 못할 것이기 때문이다.

그는 이때 컴퓨터 바이러스 때문에 회사가 성장하는 것에 대하여 "백신 회사는 컴퓨터에 바이러스를 퍼트리는 범죄율이 높을수록 이익이 높아지는 아이러니한 수익구조를 가지고 있기 때문에 사명감이 높아야 한다. 돈벌이 수단으로 백신 사업을 시작한다면 오히려 사회에 해악이 된다"고 강조했다.

9·11 테러 다음날 코스닥 상장

2000년 5월, '안철수컴퓨터바이러스연구소' 사명을 '안철수연구소'로 바꾸고 통합보안업체로 변화를 기했고 국내 보안업체로는 최초로 매출액 100억 원을 돌파하는 대기록을 세웠다. 회사의 흑자 규모가 늘면서 회계 파트에서 절세 방안을 제안했지만 Ahn은 "원칙대로 해야지요, 많이 벌어서 번만큼 세금 많이 냅시다"라면서 투명경영과 윤리경영을 재천명하였다.

2000년 하반기, 대한민국은 코스닥 열풍에 휩싸였다. IT기업들이 코스닥 시장에서 상한가를 치며 벤처 거품이 부글부글 끓기 시작했다. 하지만 Ahn은 봇물처럼 밀려든 투자 제안을 모두 거절했고 기업공개도 하지 않았다.

그는 "당장은 좋을지 모르지만 장기적으로 실익이 없다고 생각했어요. 코스닥 거품이 빠지고 나면 투자자들이 손해를 보게 될 것이며,

우리 사주를 받은 직원도 큰 빚을 떠안을 게 불을 보듯 뻔했거든요. 벤처 붐이 가라앉아야 되지 않겠습니까?"라고 하면서 벤처 붐이 오래 가지 못할 것으로 판단해서였다.

결국 Ahn은 벤처 거품이 사그라진 뒤에야 코스닥 시장에 문을 두드리고 상장했다. 미국에서 9·11 테러가 있은 다음날인 9월12일이었다. 정직과 신뢰를 최고 원칙으로 삼은 기업인이라는 Ahn의 이미지는 공모주 청약에 열기를 더했다.

"여러분, 사랑합니다."

2000년 10월 13일. 안랩 직원이 모인 자리에서 안철수는 전혀 예상치 못한 말을 슬그머니 꺼내들었다.

단상에 선 안철수가 말문을 열었다. 그는 "지난 5년간의 일이 파노라마처럼 스쳐 감회가 새롭습니다"라는 말을 시작으로 회사의 핵심가치와 존재 이유, 그리고 더불어 살아가는 이유에 대해 이야기했다. 그러다가 나지막하게 사람들이 어리둥절해 할만한 폭탄선언을 했다.

"여러분, 사랑합니다. 저에게는 그 어떤 것보다 여러분이 가장 소중합니다. 그래서 제가 가진 주식을 여러분에게 무상으로 나눠주기로 했습니다."

그는 전 직원에게 자신의 주식 지분 중에서 60억 원 상당의 8만주를 나눠주었다. 이는 회사 발전이 혼자서 이룬 성공이 아니라고 생각했기 때문에 직원들과 나눈 것이었다.

2002년 10월 그가 경영하는 안랩은 벤처기업대상과 동탑산업훈장을 수상하였다. 2003년 2월에는 한국윤리경영대상 투명경영 부문 대상을 수상하였다. 안랩은 지속적인 발전을 거듭해 나갔으며 2004년 12월에는 대한민국 소프트웨어 사상 최초로 매출액이 300억 원을 넘어섰고 세후 순이익이 100억 원을 돌파했다.

아름다운 퇴장 그리고 공부

"회사의 모든 일에서 완전히 떠납니다."

2005년 3월 18일, CEO 안철수는 이 한마디로 수많은 사람에게 커다란 충격을 안겨주었다. 그날 안랩은 창립 10주년을 맞아 기자간담회가 예정되어 있었다. 그 자리에 모인 기자들은 Ahn이 CEO에서 물러난다는 발표를 충격으로 받아들이면서 '아름다운 퇴장'으로 기록했다.

자신이 창업한 회사를, 그것도 잘나가는 회사를 스스로 2선으로 물러나는 것은, 더구나 자신이 물러나면 가족이라도 경영에 참여시키는 대한민국 기업 풍토에서는 찾아보기 힘든 사례이다. 그는 '영혼이 있는 기업'이라는 가치관을 남기고 물러난 것이다.

그는 창립 10주년을 맞이하면서 CEO 자리에서 물러나 이사회 의장으로 있으면서 다시 미국 유학에 올라 공부하기로 결단을 내린 것이었다. 갑자기 내린 결단이 아니라 1년 전부터 구상하고 준비한 것이었다. 그는 이미 CEO 역할을 준비시킨 김철수 부사장에게 CEO를 물려주었다.

그는 CEO 퇴임사에서 "기업이나 조직을 이뤄 일하는 진정한 의미는 혼자서는 할 수 없는 의미 있는 일을 여러 사람이 함께 이뤄가는 것이다.", "창업을 하면서 기업의 목적이 수익 창출이라는 명제에 의문을 품었다. 수익은 목적이라기보다 결과에 해당한다고 생각한다.", "한국의 경제 구조에서 정직하게 사업을 하더라도 자리를 잡을 수 있다는 것을 증명해보고자 노력했다. 투명경영, 윤리경영이 장기적으로 더 큰 힘이 되는 사례를 만들어보고 싶었다"고 하면서 다음과 같이 지난 10년간을 회고했다.

지난 10년을 절벽을 올라가는 등반가의 심정으로 살아왔습니다. 아래를 내려다보면 까마득한 계곡에 두려웠고, 위를 올려다보면 구름에 가려 정상이 어디쯤인지 짐작도 할 수 없었습니다. 매일 제 자신에게 던졌던 두 가지 질문이 있습니다.

"어떻게 하면 우리 회사가 살아남을 수 있을까?"

"내가 이 조직에 적합한 사람인가?"

안철수는 CEO로 재직하는 동안 CEO는 제일 높은 사람이 아니라 단지 역할만 다른 사람이라고 생각했다. 수평적인 관계에 있으며

CEO는 대외적으로 회사를 대표하는 일을 하는 것일 뿐이라는 게 그의 생각이었으며 이런 바탕 위에서 경영을 펼쳤다.

그는 무엇보다 직원들과의 소통에 신경을 썼고 직원 교육 문제를 최우선 순위에 두었다. CEO를 물러난 뒤에도 이사회 의장과 함께 최고학습책임자(CLO)를 맡을 정도였다.

그는 안랩을 '영혼이 있는 기업'을 만들기 위해 구성원 누구나 공통적으로 믿는 가치관을 만들었다. 이를 바탕으로 Ahn이 CEO가 아니더라도, 구성원이 어떻게 바뀌더라도 안랩은 공통적인 가치관을 추구하면서 변하지 않고 계속 나아가고 있다.

마흔넷에 또다시 학생 신분

2005년 3월 23일, Ahn은 공부를 하기 위해 미국으로 떠났다. 그는 안주하지 않고 끊임없이 도전했다. 회사를 대한민국 최고의 컴퓨터 보안업체로 올려놓고 뒤로 물러나 홀연히 유학길을 떠나 학생 신분으로 새로운 학문에 도전했다.

그는 유학길에 오른 첫 1년 동안 스탠퍼드대학교에서 벤처 비즈니스 과정을 수강하고, 실리콘벨리에 있는 벤처 캐피털 회사에서 일을 배웠다. 이후 2년간 경영학 분야에서 세계 최고 명문인 펜실베이니아대학교 와튼 스쿨에서 경영자 MBA 과정을 밟았다. 방문교수나 연구원 신분으로 갈 수 있었지만 TOEFL과 경영학 소양시험인 GMAT 입학시험을 치르고 대학원생 자격으로 입학했다.

그는 마흔넷의 나이에 자신이 창업한 CEO를 그만두면서까지 유학한 것에 대하여 "유학은 의미 있는 일을 하기 위한 준비로 선택한 것이자 약속이기에 하루도 헛되이 보낼 수는 없다"는 각오로 열심히 공부했다.

Ahn이 미국 유학을 갔을 때 이미 아내는 미국 로스쿨에 다니고 있었고 아내와 함께 미국에 간 딸도 중학교에 다니고 있었다. 가족들은 도서관에 함께 모여서 책을 읽고 공부도 했는데 그때가 인생에서 가장 소중한 추억이라고 한다.

그는 스탠퍼드대학교에서 경영학 석사 학위를 취득하고 2008년 4월 30일 귀국했다. 그는 의학·공학·경영학을 섭렵하여 통섭한 것이다. 그는 항상 스스로 도전하고 공부하고 변화하는 사람이다.

그는 여러 대학에서 풀타임 교수 제안을 받았다. 그중에는 의대와 경영대도 있었지만 KAIST(한국과학기술원)를 선택했다. 그 이유는 IT의 핵심 인재가 사표를 던지고 고시를 준비하는 등 사회에 만연한 이공계 기피 현상을 막는데 조금이라도 도움이 되고 싶은 마음에서였다. 그는 KAIST 경영대학원 석좌교수로 임용되어 '기업가 정신' '기술경영' 과목을 강의했으며 가장 좋은 강의 평가를 받았다.

2011년 6월부터 서울대학교 융합과학기술대학원의 대학원장으로 옮겼다. 서울대학교 융합과학기술대학원은 설립된 지가 얼마 되지 않았다. 그는 다시 도전정신이 발동했다. 그는 "학생 100여 명만 가르쳐도 좋은 소리 들을 수 있는 자리와 다시 작업복 입고 흙 묻히면서 일을 하고 조직을 변화시켜야 하는 자리 중 후자를 택했다. 아직 편하게 안주하며 살 나이는 아니기 때문이다"라고 서울대학교로 옮기게 된 이유를 설명했다.

청춘콘서트

그는 자신이 배우고 경험한 것을 후배들에게 전수하는 지식 기부로 생각하고 대학을 다니면서, 특히 지방대학을 다니면서 젊은이들을 위로하고 격려하는 강연을 펼쳐왔다. 전국을 돌면서 벌인 대화식의 〈청춘콘서트〉는 교감 정도가 아니라 공감을 불러일으키면서 폭발적인 반응을 불러일으키면서 Ahn은 이 시대 젊은이의 멘토로 확고한 자리를 잡았다.

〈청춘콘서트〉의 포맷은 Ahn이 미국 유학 시절에 유명한 벤처캐피털리스트 존 도어의 강연을 듣고 여기에서 착상한 것이었다. 그는 "강단에 서서 말하는 대신 무대에 마련된 소파에 강연자와 게스트가 앉아 담소를 나누는 형식이 인상적이었다. 한국에 돌아가면 그런 형식의 대담 강연을 해봐야겠다고 생각했다"고 한다.

2009년 10월 이화여대에서 이런 형식의 강연을 처음으로 하게 되었는데 파트너로 방송 경험이 있는 '시골의사' 박경철 원장을 선택했다. 첫 강연을 할 때는 청춘콘서트란 이름이 붙지 않았다. 당초 한 차례만 강연하고 끝낼 생각이었지만 강연 도중에 박경철 원장이 지방대학을 돌면서 강연할 생각이 없냐고 즉석에서 질문을 던지자 Ahn은 공개석상에서 그런 제안을 하는데 안 한다고 할 수도 없어서 그 후에 〈청춘콘서트〉란 이름으로 전국 순회를 하면서 폭발적인 반응이 나타난 것이다.

〈청춘콘서트〉는 한국사회의 현재와 나아갈 방향에 대해 끊임없이 고민하고 길을 제시하면서 새로운 시민 정치운동의 한 양식이 되었다. Ahn은 젊은 세대의 고민을 들어주고 함께 희망을 찾아나가는 탁월한 커뮤니케이션 능력을 보여주었다. 기존 정치권이 결핍한 소통의 이미지를 쌓으면서 사회적 영향력을 발휘했고 국민들은 그의 정치적 가능성을 높게 평가하게 되었다.

기성 정치인이 흔히 하는 사자후를 토하는 연설이 아니라 논리적이고 적절한 비유와 감성적 언어로 공감을 느끼게 하는 탁월한 소통 능력을 보여준 것이었다. 이는 다채로운 삶에서 우러난 철학과 독서에 기반을 두고 있다.

통 큰 양보

2011년 8월 26일 오세훈 서울시장이 무상급식 주민투표 부결에 책임을 지고 시장을 사퇴하자 보궐선거가 두 달 뒤인 10월26일로 결정됐다. 그러자 여러 인물이 하마평에 거론되던 중에 Ahn이 선거에 출마할 것이라는 소식이 들려왔다.

그는 전에부터 정계 영입 제의를 수없이 받았다. 서울시장 후보, 정보통신부 장관, 청와대 수석, 국회의원 출마, 국무총리 설 등 수많은 제의를 모두 거절했다, 그러던 Ahn인지라 국민들은 설마 했다. 하지만 9월 2일 Ahn이 직접 출마를 고심하고 있다고 말하자 '안철수 현상'으로 표현될 정도로 반응은 폭발적이었다. 각종 여론조사에서 출마할 경우 압도적인 1위로 엄청난 지지율을 기록했다.

하지만 나흘 후인 9월 6일 그는 박원순 희망제작소 상임이사에게 후보를 양보하고 불출마 선언을 했으며 그의 지지가 결정적으로 투표에 영향을 미쳐서 박원순 희망제작소 상임이사는 무소속으로 출마하여 서울시장에 당선되는 기염을 토했다.

박원순 상임이사에 대한 후보 양보와 지지는 두 사람간의 10여 년에 걸친 인연이 바탕이 되었다. 두 사람이 인연을 맺게 된 계기는 2003년 연말 안랩이 희망제작소 박원순 상임이사가 운영하는 '아름다운 가게' 행사에 참여하면서이다. 직원들이 기부한 재활용품을 직접 판매한 후 그 수익금을 불우이웃을 돕는 행사였다. 그날 행사는 Ahn이 해외 출장으로 참석하지 못했지만 그 이후 매년 행사에 참여하면서 인연이 이어진 것이다. Ahn은 자신의 저서와 재활용품을 매년 기증해왔다.

두 사람의 인연은 Ahn이 포스코 사외이사를 맡으면서 박원순 상임이사도 포스코 사외이사로 함께 활동하게 되면서 더욱 이어졌다. Ahn

이 2006년 4월 미국 펜실베이니아대학교 와튼 스쿨에서 경영학 석사를 받고 귀국한 후 희망제작소에서 3개월간 사회적 기업에 대한 강의를 한 것은 박원순 상임이사와의 인연 때문이었다.

안랩은 박원순 상임이사가 주도하는 '아름다운 가게'에 이어 '아름다운 재단'에도 안랩 직원들이 자발적으로 매달 일정액을 기부하고 있다. 안랩의 기금명은 '혼자만 잘 살면 무슨 재민겨'인데 낙도와 오지에 사는 청소년들에게 책을 보내는 활동을 펼치고 있다.

안랩은 아름다운재단이 선정한 '아름다운 기업 1호'이며, 박원순 상임이사는 2010년 3월 안랩 창립 15주년 축하 영상메시지를 통해 "안랩이 앞으로도 사회에 희망을 주고 더욱 발전할 것입니다"라고 말했다. Ahn이 후보를 양보한 것은 박원순 상임이사의 그동안의 사회공헌 활동을 높이 평가하고 사회에 대한 헌신의 자세가 그와 일치한다고 생각했기 때문이다.

어쨌든 Ahn의 통이 큰 양보로 정치권은 허를 찔렸으며 국민들은 신선한 충격을 받았다. 압도적 우위에도 서울시장 출마를 양보한 것은 그의 삶에서 버림과 무욕을 통해 새로운 도전으로 새로운 삶을 일구어냈듯이 버림의 정치, 무욕의 정치를 보여주면서 새로운 도전을 예고하는 것이었다.

그는 서울시장 불출마를 선언하면서 "제가 아닌 사회를 먼저 생각하고 살아가는 정직하고 성실한 삶으로 보답하겠다"고 밝혔듯이 그는 권력이나 명예를 탐하는 것이 아니라 정치를 하는 것도 사회에 봉사하고 헌신하는 자세를 가지고 있다.

그는 이제 자신이 인식하고 있는 크게 바꿀 수 있는 대통령직에 대한 도전을 통해 대한민국을 '영혼이 있는 국가'로 만들고 싶어 한다. 그는 다가오는 대선에서 변수가 아니라 최대의 상수가 될 것이다.

"작은 결심하나를 실천에 옮기려고 합니다."

2011년 11월, Ahn은 안랩 임직원들의 이메일에 보내는 형식을 통해 자신이 보유한 안랩 주식 지분인 37.1%의 절반인 약 1,500억 원 상당을 사회에 환원할 것이라고 밝혀 사회에 큰 메시지를 던졌다.

정치권 일각에서 그의 재산의 사회 환원을 두고 정치적으로 해석하기도 하나 이미 2001년에 발간된 그의 저서 《CEO 안철수, 영혼이 있는 승부》를 보면 "내가 가진 주식은 그 자산 가치를 재산으로 생각해 본적이 없기 때문에 생계 문제와는 아무런 관련이 없다"고 명기되어 있듯이 아래 이메일 전문 첫 문장과 같이 오랫동안 마음속에 품고 있던 작은 결심 하나를 실천에 옮긴 것이다.

다음은 감동적인 이메일 전문이다.

저는 오늘 오랫동안 마음속에 품고 있던 작은 결심 하나를 실천에 옮기려고 합니다. 그것은 나눔에 관한 것입니다.

저는 그동안 의사와 기업인, 그리고 교수의 길을 걸어오면서 우리 사회와 공동체로부터 과분한 은혜와 격려를 받아왔고 그 결과 늘 도전의 설렘과 성취의 기쁨을 안고 살아올 수 있었습니다. 이 과정에서 저는 한 가지 생각을 잊지 않고 간직해왔습니다. 그것은 제가 이룬 것은 저만의 것이 아니라는 점입니다.

저는 기업을 경영하면서 나름대로 '영혼이 있는 기업'을 만들고자 애써왔습니다. 기업이 존재하는 것은 돈을 버는 것 이상의 숭고한 의미가 있으며, 여기에는 구성원 개개인의 자아실현은 물론 함께 살아가는 사회에 기여하는 존재가 되어야 한다는, 보다 큰 차원의 가치도 포함된다고 믿어왔습니다.

그리고 이제 그 가치를 실천해야 할 때가 왔다고 생각합니다. 전쟁의 폐허와 분단의 아픔을 딛고 유례가 없는 성장과 발전을 이룩해 온 우리 사회는 최근 큰 시련을 겪고 있습니다.

건강한 중산층의 삶이 무너지고 있고 특히 꿈과 비전을 갖고 보다 밝은 미래를 꿈꿔야 할 젊은 세대들이 좌절하고 실의에 빠져 있습니다.

저는 지난 십여 년 동안 여러분들과 같은 건강하고 패기 넘치는 젊은이들과 현장에서 동료로서 함께 일했고, 학교에서 스승과 제자로도 만났습니다. 또 그 과정에서 이상과 비전을 들었고 고뇌와 눈물도 보았습니다. 그럼에도 불구하고, 오늘 우리가 겪고 있는 시련들을 국가 사회가 일거에 모두 해결할 수는 없을 것이라고 생각합니다.

그렇다면 국가와 공적 영역의 고민 못지않게 우리 자신들도 각각의 자리에서 무엇을 할 것인가를 고민하는 것이 중요하지 않을까 싶습니다. 특히 사회에서 상대적으로 더 많은 혜택을 받은 입장에서, 앞장서서 공동체를 위해 공헌하는 이른바 '노블리스 오블리제'가 필요할 때가 아닌가 생각됩니다.

실의와 좌절에 빠진 젊은이들을 향한 진심어린 위로도 필요하고 대책을 논의하는 것도 중요하지만, 공동체의 상생을 위해 작은 실천을 하는 것이야말로 지금 이 시점에서 가장 절실하게 요구되는 덕목이라고 생각하기 때문입니다.

"언젠가는 같이 없어질 동시대 사람들과 좀 더 의미 있고 건강한 가치를 지켜가면서 살아가다가 '별 너머의 먼지'로 돌아가는 것이 인간의 삶이라 생각한다."

10여 년 전 제가 책에 썼던 말을 다시 떠올려 봅니다.

그래서 우선 제가 가진 안연구소 지분의 반 정도를 사회를 위해서 쓸 생각입니다. 구체적으로 어떤 절차를 밟는 것이 좋을지, 또 어떻게 쓰이는 것이 가장 의미 있는 것인지는 많은 분들의 의견을 겸허히 들어 결정하겠지만, 저소득층 자녀들의 교육을 위해 쓰여 졌으면 하는 바람은 갖고 있습니다.

오늘 우리 사회가 안고 있는 수많은 문제의 핵심중 하나는 가치의 혼란과 자원의 편중된 배분이며, 그 근본에는 교육이 자리하고 있다고 생각하기 때문입니다. 그래서 우선은 자신이 처한 사회적, 경제적 불평등으로 인해 기회를 보장받지 못하고, 마음껏 재능을 키워가지 못하는 저소득층 청소년들에게 꿈과 희망을 주는 일에 쓰여지면 좋겠다고 생각합니다.

이것은 다른 목적을 갖고 있지 않습니다. 오래 전부터 생각해온 것을 실천한다는 것 이상도 이하도 아닙니다. 다만 한 가지 바람이 있다면 오늘의 제 작은 생각이 마중물이 되어, 다행히 지금 저와 뜻을 같이해 주기로 한 몇 명의 친구들처럼, 많은 분들의 동참이 있었으면 하는 것입니다.

뜻 있는 다른 분들의 많은 관심과 참여를 기대해 봅니다.

그 후 그는 빌 게이츠를 만나 기부재단 설립 형태 및 운영에 관한 조언을 들었다. 빌 게이츠는 마이크로소프트 창업자이자 부인과 함께 세계적인 기부재단인 '빌 & 멜린다 재단'을 설립하여 기부 전도사로 명성을 더 높이고 있다. 빌 & 멜린다 재단은 빌 게이츠가 재산을 출연해 만든 371억 달러 규모의 세계 최대 자선 단체로 에이즈, 결핵, 말라리아 등 질병 퇴치 및 빈곤 퇴치에 힘쓰고 있다.

Ahn은 기부재단인 '안철수재단'을 설립하고 본격적인 사회 공헌 활동에 나서는데 전문가들에 의해 독립적으로 운영된다. 재단의 주된 프로젝트는 일자리 창출을 지원하는 일이다. 예를 들면 구입한 건물을 활용해서 창업을 하려는 사람들에게 저렴하게 임대하거나 무료로 사용하게 해주는 등 창업을 위한 인프라를 제공할 것이다. 경영 노하우를 교육하는 계획도 추진하고 있다.

두 번째는 교육의 사각지대를 지원해서 소외계층 청소년들이 교육을 받아 동일한 출발선상에 설 수 있게 만들어주는 교육 사업이다.

세 번째는 세대 간 화합인데, 젊은이들이 재능 기부 등을 통해 나이 든 세대를 돕는 개념이다. 대학생들이 재능 기부 차원에서 어르신들을 대상으로 스마트폰 등 IT 기반의 기부 인프라를 조성하는 일이다.

소셜네트워크서비스(SNS)와 연결해서 소액의 자금이나 재능을 손쉽게 기부할 수 있는 시스템을 구축하여 창업에 돈이 필요한 사람과 기부자를 연결할 수도 있다. 미국의 온라인 소액기부 및 대출중개 사이트인 '키바(www. kiva.org)'를 모델로 연구 중이라고 한다.

'안랩 AhnLab'으로 개명

2012년 2월, 안철수연구소는 사명에서 '철수'를 빼기로 했다. 이는 종합보안솔루션기업으로의 도약과 글로벌 시장으로의 확장, 짧고 간결한 명칭에 대한 고객 요구 등을 반영한 것이었다.

예전부터 Ahn은 연구소 이름에서 자신의 이름을 빼기를 원했다. 2005년 Ahn이 CEO를 그만두면서 직원들에게 그는 "외국에는 '휴렛패커드'나 '디즈니랜드'처럼 창업자의 성을 딴 회사가 많이 있습니다. 하지만 회사명에 창업자의 이름을 사용하지는 않습니다. 안철수연구소도 지나치게 개인의 이름에 기댄 측면이 있습니다. 회사가 성장해

제가 없어도 잘 운영될 수 있게 된 만큼 제 이름민이라도 언젠가 빼야 하지 않을까요?"라고 말했다. 그동안 등록된 회사명은 안철수연구소였지만 직원들은 Ahn의 뜻에 따라 안연구소라고 불러왔는데 이번에 '안랩'으로 완전히 바꾼 것이다.

안랩은 그동안 한국윤리경영대상 투명경영부문 대상과 한국소비자의 신뢰 기업 대상, 가장 취업하고 싶은 기업 벤처 1위를 기록하면서 공익적인 부분과 이윤을 동시에 추구하는 사회적 기업(Social Enterprise)으로 자리 잡았다.

다양한 사회활동

Ahn은 여러 차례에 걸쳐 고위 관직은 거절했지만 비상임으로 국가정책을 자문하는 것은 국가에 대한 헌신으로 생각하고 정부의 위원회 등에 참여하여 사회와 국가 발전을 위한 여러 가지 의견을 피력해 왔다.

30대 후반에 김대중 정부의 정책기획위원을 맡아 국가의 미래와 인권 개선 등에 대해 토론하고 정책을 건의했다. 노무현 정부에서는 정보통신부 장관직을 제안 받고 사양했지만 청와대 회의에서 대통령과 국무위원들을 상대로 기업의 투명경영 등 경제개혁에 대한 의견을 적극 개진했다. 이명박 정부애서는 미래기획위원을 맡아 대기업과 중소기업 간의 불공정거래 관행에 대한 문제 제기를 비롯해 창업 활성화를 위한 대안, 정보기술(IT)산업의 애로사항을 이야기 하는 등 경제 전반에 대해 비판적 의견과 대안을 많이 제시했지만 실행이 되지 않아 참 갑갑했다.

언론 인터뷰를 통해 이명박 정권의 4대강 사업을 비판했으며 청와대 미래기획위원으로 있으면서 친재벌 정책과 관련하여 "규제 철폐는 좋은데 감시는 강화해라. 안 그러면 약육강식의 정글이 된다"고 하면서 쓴소리를 했으며 이명박 대통령이 상생 얘기를 했을 때 "이슈를 꺼냈으니 꼭 행동으로 보여야 한다"고 강조했지만 별 소용이 없었다고 한다.

조국 서울대학교 법대 교수 등과 함께 대검찰청 정책자문위원을 맡아 검찰 개혁 과제를 놓고 의견을 나누었으며, 검찰의 컴퓨터 수사자문위원과 국가정보원의 정보보호자문위원을 하면서 공안기관을 들여다 볼 기회가 있었다.

시민단체인 아름다운 재단 이사를 하면서 빈곤 등 민생에 대한 좀 더 깊은 고민을 하게 되었으며 희망제작소의 사회적 기업가 양성 프로그램에서 강의를 하면서 '사회개혁'에 대한 생각을 많이 하게 되었다고 한다.

Ahn은 2005년에 포스코 사외이사로 활동했으며, 2010년에는 포스코 이사회 의장에 선임되었다. 또한 2010년부터 안랩의 사내벤처로 출발한 소셜 네트워크 게임 업체인 노리타운스튜디오의 이사회 의장을 맡고 있다. 2011년에는 학교법인 포스텍 이사로 선임되었다.

그는 비록 현실 정치는 하지 않았지만 국가와 대기업 시민단체의 주요 메커니즘을 충분히 이해하고 있으며 다양한 분야에서 폭넓은 인간관계를 맺었다.

《안철수의 생각》 출간, "도전은 힘이 들 뿐 두려운 일이 아니다"

2012년 7월 19일, Ahn은 오랜 침묵을 깨고 저서 《안철수의 생각》 출간을 통해 "도전은 힘이 들 뿐 두려운 일이 아니다"라고 말하면서 실질적인 대선 출마 선언을 하고 복지, 경제민주화, 대북정책, 교육문제 등 국정 전 분야에서의 자신의 '집권 비전'을 공개했다. 한미 자유무역협정(FTA), 제주 해군기지, 천안함 폭침사건 등 민감한 현안에 대해서도 거침없이 생각을 밝혔다.

2012년 5월의 부산대학교 강연에서 제시한 복지, 정의, 평화의 키워드를 '우리의 미래를 열어갈 시대정신'으로 규정하고 '정의롭고 공정한 국가' '복지 국가' '한반도 평화 구축'을 과제로 제시했다. 이는 대선의 정책 기조이다.

그는 가장 먼저 복지를 내세웠는데 보편적 복지와 선별적 복지의 '전략적 조합'을 만들어야 한다면서 "취약계층 대상의 복지를 우선 강화하고 동시에 민생의 핵심 영역에서 중산층도 혜택을 볼 수 있는 보편적 시스템을 사회적 합의와 재정 여건에 맞춰 단계적으로 도입해야 한다"고 주장했다.

경제민주화에 대하여 "한국사회에서 재벌그룹은 사실 현행 법규상 초법적인 존재"라며 "재벌체제의 경쟁력은 살리되 내부거래 및 편법 상속에 대해 단호히 대처하는 등 단점과 폐해를 최소화하도록 유도해야 한다. 재벌개혁을 통해 대기업의 특혜를 폐지하고 중소기업을 중점 육성하는 경제구조로 전환해야 한다. 출자총액 제한 제도, 순환출자 금지, 금산분리 강화 정책도 대체로 필요하다고 생각한다"고 말했다.

그는 "수출로 먹고사는 나라이기 때문에 무조건 FTA를 해야 한다는 주장에 회의적"이라며 "FTA에 대해 자화자찬과 장밋빛 전망만 강조했는데 문제가 있었다면 그런 전망을 내놓은 기관에 책임을 물어야 한다"고 하면서 한미 FTA에 대해서는 "이미 발효가 된 상황에서 정권이 바뀌었다고 폐기한다면 국가 간 신의를 저버리고 국제사회에서 신인도가 추락할 우려가 있다. 폐기보다 수정이 필요한 부분에 대해 적극적인 재재협상을 벌여야 한다"고 폐기 불가 입장을 밝히면서 수정돼야 할 독소조항으로는 투자자 · 국가소송제(ISD)를 꼽았다

미국산 쇠고기 수입반대 촛불집회에 대해서는 "정부가 필요한 정보를 투명하게 공개하고 결정 과정에서 국민의 의문을 풀어주려는 노력이 필요한데 이게 제대로 안 됐다. 정부의 '과정 관리'에 문제가 있었다"고 지적했다.

제주 해군기지 문제에 대해서는 "제주도에 해군기지가 꼭 필요한가, 꼭 강정마을이어야 했으며 주민들에 대한 설득이 충분했는가 하는 관점에서 논의해야 한다. 설득과 소통의 과정이 생략된 채 강행된 강정

마을 공사는 무리한 것이다"라는 견해를 밝혔다.

이명박 정부의 대북정책에 대해선 "채찍 위주의 강경책, 기계적 상호주의를 고수한 것은 북한이 곧 무너질 것이라는 붕괴 시나리오에 따른 것으로 보이는데 그런 시나리오는 설득력이 없다"고 비판하면서 금강산·개성관광 재개와 남북 경제협력모델 확대를 제안했다.

천안함 폭침사건에 대해서는 "기본적으로 정부의 발표를 믿는다. 국가 차원에서 합리적 의문을 풀어주려는 노력이 필요했지만 이견을 무시하는 태도가 사태를 악화시켰다고 꼬집으면서 북한 인권과 관련해선 "남북협력을 진전시키면서도 정치범수용소가 존재하고 탈북자의 강제북송과 처형이 이루어지는 상황에서 북한 주민들의 인권과 관련해 필요한 발언은 하는 태도가 필요하다"고 주장했다.

용산 사태에 대해서도 "개발논리만으로 밀어붙이다가 초래했다"고 말했으며 사법개혁과 관련하여 고위공직자수사처 신설의 필요성을 피력했다.

취미와 종교

Ahn은 독서와 글 쓰는 일을 좋아한다. 글을 쓸 때는 괴롭지만 끝내고 나면 행복감을 느낀다고 한다. 바쁘고 복잡한 일상에서 벗어나 다른 체험을 할 수 있는 영화감상이 취미이지만 사람들 눈길 때문에 영화관은 잘 못 가고 어쩌다 토요일 아침 조조상영 때 영화관을 찾기도 했다. DVD로 집에서 감상하는데 감명 깊은 영화보다 즐겁게 볼 수 있는 영화를 좋아한다. 뮤지컬과 드라마를 즐겨 보고, SF도 좋아한다.

Ahn은 종교가 없으며 아내 김미경 교수는 가톨릭 신자다. 결혼할 때 성당에서 혼배성사를 했다. 학생 때 교리문답 교육은 받았는데 영세는 안 받았다. 자신의 성격상 한번 시작하면 끝까지 가는 스타일인데 평생 변함없이 신앙을 지킬 수 있으리라는 확신이 들어야 영세를 받을 수 있다고 생각하고, 그 당시에는 그럴 자신이 없었다고 한다. 그런데 Ahn의 어머니와 외가 친척들은 독실한 불교 신자다. 어머니와 아내가 종교가 달라도 아무 문제없이 화목하게 지내고 있다. 그는 종교가 달라도 서로 존중할 수 있고, 편 가르고 싸울 일은 아니라고 생각하고 있다.

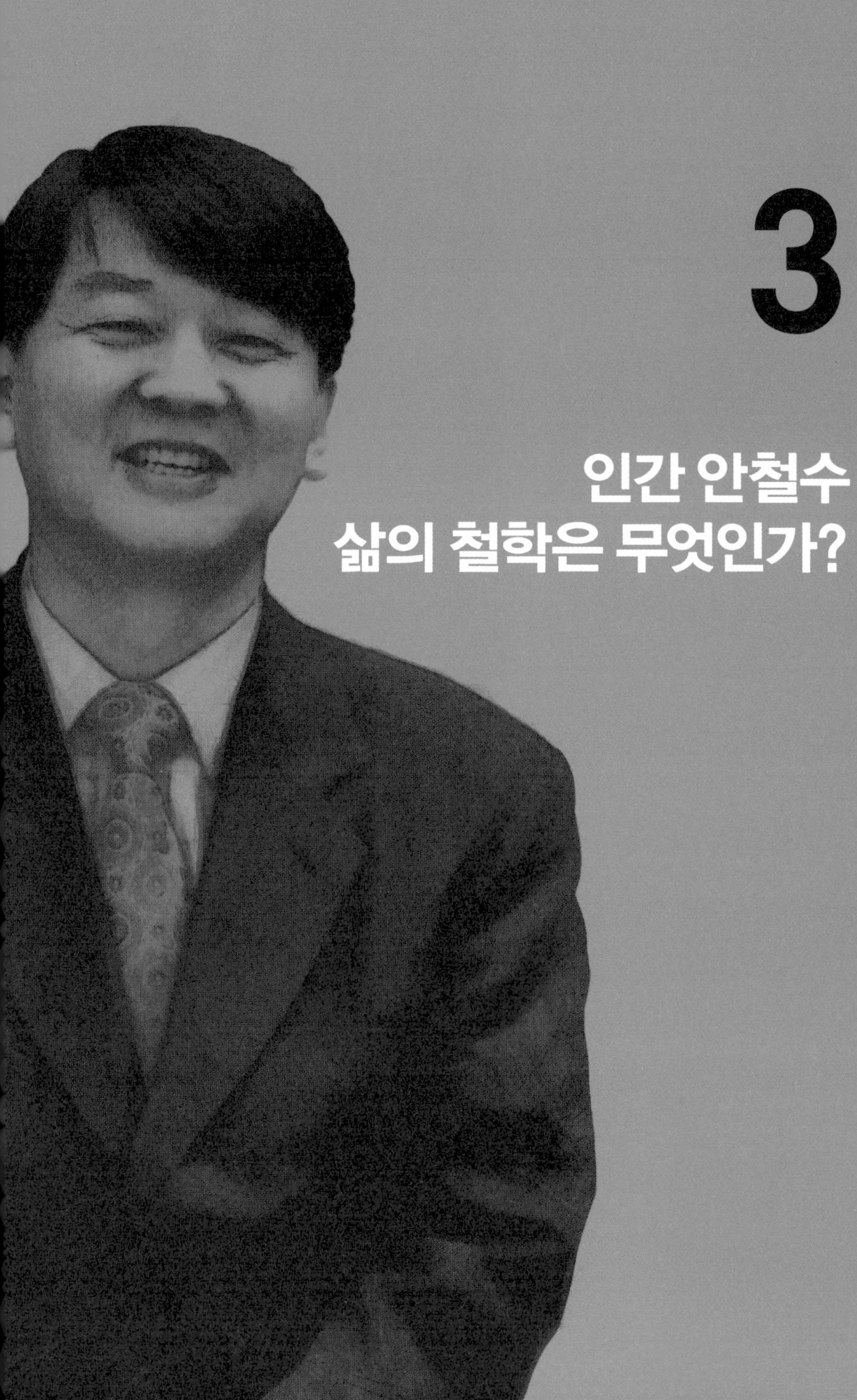

3

인간 안철수
삶의 철학은 무엇인가?

안철수가 철학자도 아닌데 무슨 삶의 철학인가?

Ahn은 다양한 경험과 수많은 독서를 통하여 가치관을 정립하고 삶의 지침으로 삼아왔다. 저서와 강연과 인터뷰를 통해 자신의 생각과 소신을 밝혀왔으며 이를 실천에 옮겼다.

식견과 깊은 사고에서 탄생한 주옥같은 말들은 '안철수 어록'이 되었을 정도로 자기 철학과 주관을 가지고 있다.

그는 리더에게 요구되는 가장 기본적인 요건은 '철학'이라고 했다. 그의 삶의 철학과 소신, 생각은 무엇일까?

안철수의 삶의 철학과 원칙

그는 자신의 인생관을 이렇게 피력했다.

"사람으로서 당연히 지켜나가야 할 중요한 가치가 있다면 아무런 보상이 없더라도 그것을 따라야 한다고 생각한다. 내세에 대한 믿음만으로 현실과 치열하게 만나지 않는 것은 나에게 맞지 않는다. 또 '영원'이 없다는 이유만으로 살아있는 동안에 쾌락에 탐닉하는 것도 너무나 허무한 노릇이다. 다만 언젠가는 같이 없어질 동시대 사람들과 좀 더 의미 있고 건강한 가치를 지켜나가면서 살아가다가 '별 너머의 먼지'로 돌아가는 것이 인간의 삶이라 생각한다."

그는 자신이 생각하는 성공은 "삶의 흔적을 남기는 것"이라고 한다. 그러나 "이름을 남기겠다는 환상은 없으며, 이름은 남지 않지만 제 저서나 제가 만든 회사나 조직이나 제가 한 일이나 건의사항으로 사람들의 생각이 바뀐다든지 뭔가 바람직한 제도가 생긴다든지 하면 제가 살았다는 흔적이 남는 것"이라고 생각한다.

그는 자신의 삶의 원칙을 가지고 있다

첫째, 매순간에 최선을 다하고, 끊임없이 변화하며 발전하기 위해서 노력한다.

둘째, 목표를 세우고 스스로를 채찍질한다.

셋째, 결과도 중요하지만 과정을 더 중요하게 생각한다.

넷째, 스스로를 다른 사람과 비교하지 않으며, 외부 평가에 연연하지 않는다.

다섯째, 항상 자신이 모자라다고 생각하며, 조그만 성공에 만족하지 않으며, 방심을 경계한다.

여섯째, 기본을 중요하게 생각한다.

일곱째, 천 마디 말보다 하나의 행동이 더 값지다고 생각한다.

또 다른 사람과의 관계에서 지키고자 하는 삶의 원칙을 가지고 있다.

첫째, 나이와 성별, 학벌 등으로 차별을 두지 않는다. 중요한 것은 능력이다.

둘째, 다른 사람의 의견을 존중하고, 각자의 다양성을 인정한다.

셋째, '너는 누구보다 못하다'는 식으로 다른 사람끼리 비교하지 않는다.

넷째, 다른 사람을 나 자신의 이익을 위해서 이용하지 않는다.

다섯째, 내 스타일을 다른 사람에게 강요하지 않는다.

그는 "살아가면서 나 스스로 만든 삶의 원칙들을 100% 지켜냈다고는 자신할 수 없다. 그렇지만 충실히 지키려고 노력해 왔다고는 당당하게 말할 수 있다"고 했다.

안철수가 새로운 일에 도전할 때의 기준

그는 그동안 무수한 도전을 거듭해 왔다. 그는 무엇인가 도전할 때, 세 가지 관점에서 판단한다. 그는 의사에서 컴퓨터 프로그래머, 벤처기업인, 대학교수, 대학원장으로 변신을 거듭하는 동안 결단의 순간순간을 맞이하였다. 대통령 출마와 관련하여 그가 어떤 원칙과 기준으로 결단을 내리는지를 시사하고 있다.

'정말로 의미를 느낄 수 있는 일인지', '앞으로도 지속적으로 열정을 갖고 재미있게 할 수 있는 일인지', '일을 잘해서 다른 사람들에게 혜택을 줄 수 있는 일인지'의 관점에서 결단을 내린다.

그러면서 '과거는 잊어버리고 주위 사람의 평가에 연연하지 않고 앞으로 다가올 결과에 대해서도 욕심내지 말아야 한다'는 것이다.

첫 번째 원칙인 '과거는 잊자'는 것이다. 흔히들 실패는 사람의 발목을 잡는다고 한다. 한번 실패를 하면 사람이 마음이 약해져서 정말로 과감한 결단을 못하고 주저하게 된다. 그런데 성공은 실패보다 더 사람의 발목을 잡는디. 대개 자그마한 성공이라도 하게 되면 그것을 지키는 범위 내에서 결정을 하게 되기 때문에 과감한 결단을 내리지 못하는데, 그래서 인생에 중대한 결정을 내릴 때에는 과거를 잊어버린다는 것이다.

두 번째 원칙은 '주변 사람의 평가에 너무 연연하지 말자'는 것이다. 중요한 결정을 할 때 주위 사람들 이야기나 평가에 많이 마음이 약해지기 마련이다. 가족이나 친지 등 주변 사람들이 원하는 길을 가게 되면 당장은 안정되고 괜찮겠지만 만약에 자신이 행복하지 않은 경우라면 오래갈 수 없다. 내가 행복해질 수 있는 선택을 하면 주위 사람도 장기적으로 행복해질 수 있다는 것이다.

세 번째 원칙은 '미래의 결과에 미리 욕심내지 말자'는 것이다. 결과에 대해 먼저 욕심을 내고 결과만 갖고서 생각하다보면 판단을 그르치기 싶다는 이유에서다. 내가 선택을 하고 나름대로 열심히 노력을 하고 운이 따라주면 좋은 결과가 나오는데, 그런 과정을 다 거치기도 전에 먼저 결과에 대해 욕심을 내고 결과만 가지고 생각을 하다보면 또 판단을 그르치기 쉽다는 것이다.

안철수가 기본의 중요성을 강조하는 이유

그는 꼼꼼한 사람이다. 항상 문제를 대할 때마다 개론에서 출발해 각론을 섭렵한 후 핵심에 다가서는 스타일이다.

그는 서울대학교 의대를 목표로 공부하면서 교과서를 중심으로 기초를 다지면 실력은 저절로 향상된다는 것을 실감했다. 그는 대학에서 공부할 때 모든 자료와 정보를 수집한 후 판단하는 습관이 있었다. 컴퓨터를 할 때는 그 분야의 거의 모든 책을 다 섭렵했다.

그가 컴퓨터 바이러스 백신 프로그램을 개발할 수 있었던 것은 컴퓨터를 다루기 전 컴퓨터의 기본 언어인 '기계어'를 공부했기 때문이었다. 그는 직접 운전을 할 때에도 처음 가는 길은 지도를 보고 머릿속에 길을 미리 그려본 뒤에야 길을 나선다.

그의 바둑 실력은 아마 2단 수준으로 어느 프로기사가 프로 못지 않은 기재라고 평가하면서 프로기사 입문을 권유하기도 했다. 그는 대학생 시절에 실전에서 이론이 아니라 이론에서 실전으로 바둑을 배웠다. 바둑알을 잡기 전에 바둑에 관한 책을 오십 권정도 읽었는데 자주 보는 바람에 책을 모두 외워버릴 정도였다고 한다.

책을 통해 바둑을 읽히고 난 다음에 10급에게 9점을 놓고 두었는데 100점 이상이나 졌다. 실전 감각이 없었기 때문이다. 하지만 바둑을 두면 둘수록 책에서 익힌 이론을 적용하여 바둑을 두다보니 1년만에 아마 2단 수준이 된 것이다.

어떤 사람은 현실은 교과서와는 다르다고 말하지만 기초적인 이론을 익히지 않고는 어떤 일에 나서는 것은 정석을 모르고 바둑을 두는 것으로 생각하고 있다. 그는 먼저 이론적으로 습득하고 실천하는 것이 장기적으로 더 큰 성공의 길이라고 믿고 있는 사람이다.

그는 종종 사회생활은 교과서대로 하면 안 된다는 말을 듣지만 찬성하지 않는다. 그가 늘 "미련해 보일만큼 성실하게 기초를 닦아야 나중에 성공이 따라온다. 속도가 강조되는 세상이지만 경계할 것이 있다. 속도의 중심축에는 늘 기본을 중시하는 태도가 자리해야 한다"고 강조하는 것은 자신의 경험에서 우러나온 것이다.

그의 최근 저서 《안철수의 생각》을 보면 다방면에 걸친 국정운영의 기본을 습득했음을 알 수 있다.

안철수에게 있어 배려의 의미

그의 삶의 원칙 중 하나는 배려이다. 그는 다른 사람에게 폐 끼치고 남 고생시키면 안 된다는 생각이 강하다. 그의 기준에서 배려의 의미는 상대의 발전을 자극하고 도와주는 마음과 태도이다. 그는 배려에 대한 중요성을 배운 계기를 이렇게 말했다.

"남을 배려하는 것이 얼마나 중요한지를 가르쳐주신 분은 부모님이셨다. 부모님께서는 무슨 일을 하건 간에 남을 먼저 생각하고 존중하라고 하셨고 늘 그것을 몸소 실천하셨다. 심지어 어머니는 나에게 늘 존댓말을 쓰셨다. 그런 영향으로 군 대위로 복무하던 시절에는 하급자들에게 반말이 나오지 않아 애를 먹기도 했다."

그는 배려의 여러 형태 중에서 가장 기본적인 것을 '시간 지키기'와 '인사하기'로 생각하면서, '이해하는 마음', 남에게 피해 안 주기, 다양성 인정하기, 사심 없이 대하기를 배려의 여러 모습으로 보고 있다. 그러면서 경청하는 태도를 배려의 중요한 덕목이라고 말한다.

"목소리를 높여 자신의 주장만을 되풀이하는 것은 문제해결에 도움이 되기는커녕 양쪽 모두에 손해가 되는 경우가 많다. 이런 점에서 상대방의 이야기를 먼저 들어주는 자세도 필요하다고 생각한다. 경영에서도 이러한 태도는 자기집착과 편견을 막아주는 좋은 도구이거니와 수평적인 조직문화를 만드는 좋은 방법이기도 하다."

그는 안랩 CEO로 활동하던 시절, "CEO는 제일 높은 사람이 아니라 단지 역할만 다른 사람이다"라고 했다. 자신은 대외적으로 회사를 대표 하는 것일 뿐이라는 게 기본 생각이다. 그는 회사를 경영할 때 영혼을 불어넣는 일을 해야 한다고 생각했다. 서로 다른 생각과 인생 목표를 가진 사람들이 모인 회사에서 공통적으로 믿는 가치관이 있으면 경영자가 바뀌고 구성원이 바뀌어도 변하지 않고 계속 갈 수 있다는 생각이었다.

그는 개인적으로는 배려의 중요성을 늘 생각하지만 다른 사람들에게는 배려하는 사람이 되라고 강요하지 않는다. 그 자체가 배려하지 않는 태도이기 때문이다.

안철수가 생각하는 인재상

그는 인재를 '끊임없이 발전하려고 노력하는 사람'이라고 정의한다. 물질적인 성취감의 중요성을 인정하면서 정신적인 성취감을 물질적인 성취감보다 조금이라도 더 중요하게 여기는 사람을 선호한다. 건강한 생각을 인재의 요건으로 보고 있다.

그는 독특한 인재상을 가지고 있다. 바로 'A자형 인재'이다. A자형 인재를 거론하기에 앞서 T자형 인재가 있는데 T자형 인재란 도요다 회사에서 강조하고 있는 인재상으로 한 가지 전문 분야에만 정통한 I자형 인재와는 달리 자신의 전문 영역을 중심축으로 하고, 다른 분야의 지식을 소유한 유형이다.

A자형 인재는 도요타의 T자형 인재에서 한발 더 나아가 소통 능력

을 가지고 팀워크까지 갖춘 유형이다. 즉 A자를 삼각형으로 보고 전문성, 인성, 팀워크 능력의 삼각구도로 균형을 이루어야만 바람직한 인재가 될 수 있다는 것이다.

그는 진정한 전문성을 갖추기 위해서는 한 분야의 전문 지식뿐만 아니라 다음과 같은 다섯 가지가 필수적으로 요구됨을 주장하고 있다.

- 지식– 전문 분야 지식과 다른 분야에 대한 상식과 포용력
- 공부하는 자세와 자기 개발 노력
- 문제 해결 및 개선 능력
- 창조력
- 고객 지향성

인성 측면에서 다음과 같은 마음 자세가 필요하다고 본다.

- 최선을 다해 노력하는 자세
- 도전정신
- 긍정적인 사고방식
- 소속된 조직의 핵심 가치를 존중하고 따르는 마음가짐
- 사회에 기여하겠다는 사명감과 공익의 정신

다음과 같은 팀워크 능력을 갖추어야 한다는 것이다.

- **나도 틀릴 수 있다는 열린 생각**
- **타인에 대한 존중과 배려의 마음**
- **커뮤니케이션 능력**
- **후배 양성 능력**
- **리더십**

안철수의
커뮤니케이션 원칙

그는 소통의 달인이라는 평가를 받을 정도로 커뮤니케이션 능력이 탁월하다. 그가 가진 커뮤니케이션 능력의 최대 덕목은 말의 진실성과 진정성이다.

커뮤니케이션 능력이란 말을 잘하거나 자신의 의견을 정확하게 전달하는 능력만을 뜻하지는 않는다. 상대방의 이야기를 경청하고 그 의도를 정확하게 파악하는 능력이 커뮤니케이션 능력의 절반 이상을 차지한다.

그러나 자신이 하고 싶은 말만 하고, 듣고 싶은 말만 들으면 커뮤니케이션에 장애가 발생한다. 상대방 이야기의 전체 맥락을 이해해야지, 그렇지 않으면 대화를 하면 할수록 오히려 오해가 커지고 불신만 깊어진다.

자신의 시각이나 그릇으로 판단할 것이 아니라 상대방의 의견을 존중해야 한다. 한 사람이 살아오면서 축적한 경험, 지식, 사유의 세계는 다를 수밖에 없으므로 서로의 생각이 다를 수 있다는 것을 인정해야 한다.

그가 주장하는 커뮤니케이션 원칙은 다음과 같다.

- **첫째, 서로 간에 상식이 다를 수 있다.**
- **둘째, 사용하는 말의 뜻이 사람마다 다를 수 있다.**
- **셋째, 자기가 아는 만큼만 볼 수 있다.**
- **넷째, 감정이나 체면을 경계해야 한다.**
- **다섯째, 정직하고 솔직한 커뮤니케이션을 해야 한다.**

안철수가 CEO일 때
소통을 위해 기울인 노력

그는 안랩 CEO로 있으면서 소통을 위해 많은 노력을 기울였다. 무엇보다도 사내 구성원과의 커뮤니케이션을 중시하고 소통 시스템을 갖추었다. 'CEO외의 대화'를 만들어 매일 아침 샌드위치를 먹으며 팀별로 돌아가면서 허심탄회한 대화를 나누었다. 개인적인 고민과 회사 경영에 대한 건의, CEO 안철수에 대한 개인적인 궁금증 등 주제에 제한이 없었다.

Ahn은 그들의 말을 경청했고 솔직한 대답을 했다. 나중에는 띠별 모임을 통해서 같은 부서나 연령대가 아닌 다양한 부서와 연령대와 대화 모임을 가졌다. 이런 모임은 한 해 동안 4~5개월이 이어지기도 했다.

안랩의 사내 인터넷에는 CEO와의 대화 게시판이 있었고 Ahn과 1:1 대화가 가능한 비공개 핫라인이 있었다. 그는 이를 통해 회사의 문제점을 파악하여 해결에 나섰고 직원들은 자신의 이야기를 경청해 주고 사생활적인 것까지 유머와 함께 들려주는 Ahn에게 신뢰를 보내면서 회사 업무에 더욱 열심히 하게 되었다.

그는 자신이 직접 쓴 여러 권의 저서를 통해 대중과 소통해왔다. 2001년에 쓴《CEO안철수, 영혼이 있는 승부》와 2004년에 쓴《CEO 안철수, 지금 우리에게 필요한 것은》은 그해의 베스트셀러이자 스테디셀러이다. 그리고 최근 저서《안철수의 생각》에서 국가와 사회 발전의 비전을 제시하고 있다.

대학생들과 기업을 상대로 한 강연과 방송 강연에서 그의 삶의 철학을 보여주었으며, 예능 프로그램인 〈무릎팍도사〉와 〈힐링캠프〉에 출연하여 그의 인간적인 면모를 보여주었다.

특히 〈청춘콘서트〉는 젊은 청춘들과의 소통 정도가 아니라 공감을 불러일으키면서 엄청난 반향을 불러일으켰다.

Ahn은 그가 창업한 안랩의 개방적인 문화를 통한 감성경영으로 소통을 실현했다. (註 :《세상에서 가장 안전한 이름 안철수연구소》 참조)

칭찬 릴레이를 실시하고 있다. 온라인 사보 〈보안세상〉을 통해 매달 칭찬하고 싶은 동료를 선정하고 그 이유와 사연을 밝히는 제도이다.

칭찬을 받는 입장에서는 동료들로부터 인정을 받았다는 면에서 자부심을 느끼고 훨씬 더 열심히 근무하게 된다고 한다.

프렌드십 어워드(Friendship Award) 제도를 실시하고 있다. 해당 분기 동안 자신의 업무 진행 과정에서 가장 적극적으로 협조하고 협력한 다른 부서 동료를 선정해 문화상품권을 시상하며 사내 게시판에 게재한다.

삼복더위에 전 직원에게 통닭과 아이스크림을 제공하며, 10월에는 전 직원이 독감 예방주사를 맞으며 11월 11일에는 '가래떡 데이'라는 이름으로 가래떡을, 동짓날에는 팥죽을 함께 나눠먹는다.

'축하 풍선' 이벤트 제도가 있다. 신입사원이 입사하면 자리에 '입사를 축하합니다'라는 풍선을 걸어둔다. 신입사원이 첫 출근을 하면 동료들이 자연스럽게 하나둘 다가와 축하 인사를 건네면 첫 출근의 긴장이 풀어진다. 이와 같은 '축하 풍선' 이벤트는 생일을 맞은 직원들에게도 '생일을 축하합니다'라는 풍선을 걸어두어 동료들이 축하의 말 한마디나 작은 선물를 할 수 있도록 한다. 그리고 다양한 종류의 동호회가 있다.

그가 CEO로서 어떻게 경영했는지를 볼 때 그가 대통령이 되면 개방적인 문화로 관료주의를 깰 것이다.

안철수의 부정부패에 대한 생각

부정부패란 돈에 관련된 문제다. 그는 아무리 어려워도 부정부패를 저질러서는 안 된다는 확고한 신념을 가지고 있다.

기업들이 조금 어려울 때 분식회계를 하곤 한다. 없는 재산을 있는 것처럼 보이게 하는 건데, 그렇게 하면 은행에서 빚 얻기도 훨씬 쉬워지고, 직원들이 회사가 좋아지는 줄 알고 사기가 오르고 외부에서도 CEO가 경영을 잘했다고 인정해주고 해서 굉장히 달콤한 유혹에 빠지는 것이다. 그런데 한 번 분식회계를 만들어 놓으면, 즉 한 번 가짜 재산이 생기면 장부상으로 절대로 없어지지 않는다.

결국은 나중에 기회가 왔을 때, 즉 좋은 시기가 왔을 때 오히려 이것이 발목을 잡아서 기업을 나락으로 끌어내린다. 즉 어려울 때 사용하는 편법은 주홍글시 같아서 지우려고 해도 지워지지 않는다. 단기간은 편하지만 결국은 좋은 시기에 낭떠러지로 끌어내리는 독과 같다고 생각한다.

그는 돈과 관련하여 안랩 CEO 시절에 이와 같은 일화가 있다.

"나와 한 직원은 두 사람이 교대로 식대를 부담하며 밥을 먹게 되었다. 그런데 예정에도 없이 다른 직원이 같이 식사를 하게 되었다. 그날은 내가 부담할 날이었는데, 식사를 마친 후 나는 두 사람분만 계산하고 식당을 나왔다. 나중에 안 일이지만 그 내막을 모르는 다른 한 직원은 '어떻게 저럴 수가!' 하며 자기 돈으로 식대를 낸 후 꽤나 나를 오해했다고 한다. 그런 일이 왜 생겼을까를 생각해 보니까, 내가 회사 돈과 내 돈을 너무 엄격하게 하는 게 버릇이 된 것이 원인인 것 같다. 부서 회식 명목이 아니면 각자가 알아서 계산한다. 물론 나에게 주어진 법인카드가 있지만, 그걸 기분 내키는 대로 쓸 수는 없는 일이다. 짜다고 들어도 할 수 없는 게, 이렇게 아낀 돈을 나중에 공정하게 나누는 것이 더 바람직하다고 생각했기 때문이다."

그는 투명경영이라는 말 자체를 싫어했다. 너무나 당연한 상식적인 말을 왜 하느냐는 것이다. 안랩은 2003년 2월 산업자원부가 주최한 제1회 한국윤리경영대상에서 투명경영 부문 대상을 수상하였다.

그는 대한민국 기업의 경쟁력을 깎는 접대문화를 비판하면서 다음과 같이 말했다.

"거래처 사람들과 식사하는 것이야 인간적인 윤활제가 된다. 그런데 어떤 위치에 있든 자기에게 주어진 권한에 편승해서 돈을 받거나 유흥의 접대를 받는 것은, 만약 그 사람이 우리 회사 사람이라면 당연히 해고감이다."

매사에 부드러운 그는 CEO로 있을 때 도덕적으로 문제가 있는 직원은 가차 없이 해고했다. Ahn이 대통령이 되어 관료들이 부정을 저질렀을 경우에 어떻게 할 지 시사 하는바가 많다.

'안철수재단' 설립이
대선 행보 일환인가?

Ahn 자신의 주식 절반을 팔아 1,500억 원의 돈으로 기부재단을 설립한 것은 나눔 실천의 연장선상이다. 그는 '지금까지 자신이 이룬 것은 사회와 공동체로부터 받은 혜택이기 때문에 이를 돌려줘야 한다'는 평소 소신을 실천한 것이다.

한국 사회의 기부 문화 확산의 기폭제가 되는 신선한 충격이다. 이에 대하여 대선을 의식한 것이 아니냐는 의구심을 나타내는 일부 인사도 있지만 잘못된 시각이다. 이를 순수하게 받아들여야 한다. 자신이 가진 주식을 팔아 사회에 환원한 것은 그가 추구해온 공익에 대한 헌신이다.

그는 이미 2001년 발간된 《CEO 안철수, 영혼이 있는 승부》 165P

에서 "내가 가진 주식은 그 자산 가치를 재산으로 생각해 본적이 없기 때문에 생계 문제와는 아무런 관련이 없다"고 했듯이 오래전에 결심한 사항으로 대선을 의식한 것이 전혀 아니다. 그리고 그는 수차례의 강연에서 공개적으로 미국의 워렌 버핏이 자신의 재산을 빌게이츠 재단에 기부한 것을 찬양하면서 재산의 사회 환원을 강조해 왔다.

그는 당초 자신의 지분 전체를 사회에 환원하려고 했으나 그가 전체 지분을 사회에 환원할 경우에 적대적 M&A(인수합병)의 우려가 있기 때문이었다. 만약 가장 지분을 많이 가진 Ahn이 지분 전체를 내놓게 되면 안랩은 인수합병의 표적이 될 수 있기 때문이었다. 이와 같은 우려는 1997년 미국의 대형 보안업체인 멕아피사에서 안랩을 인수하려는 시도가 있었기 때문에 이를 심각하게 고려하지 않을 수 없었다.

하지만 그는 남은 지분도 그 자신의 재산으로 여기지 않고 있으며, 그 전에도 개인적인 목적을 위해 자신의 지분을 단 한 주도 팔지 않았듯이 앞으로도 그렇게 할 것이다.

안철수에게 있어
독서의 의미

그는 '독서광' '책벌레'라고 불릴 정도로 많은 책을 읽었다. 오늘이 있기까지의 커다란 힘은 독서라고 여기고 있다.

"책을 많이 읽고 끊임없이 생각하다 보니 나름의 의견이 형성되었죠. 저의 의견은 여러 책을 읽는 동안 떠오른 생각들이 서로 영향을 미치면서 굳어진 것입니다. 그런데 생각이 바뀌면 행동이 바뀌고 행동이 바뀔 때 어떤 결과가 나옵니다. 사회생활을 많이 하지 않고 혼자 공부한 기간이 길지만 다른 사람에 대한 포용력이 생긴 것도 독서 덕입니다. 그 연장선상에서 회사라는 조직을 만들고 CEO를 할 때도 별 무리가 없었죠."

그는 TV 〈무릎팍도사〉에 나와서 초등학교와 중학시절 학업 성적은 중간 정도였지만 독서광이었다고 말했다. 하루에 거의 한 권씩을 읽을 정도였다고 한다. 이와 같은 독서를 통해 고등학교 3학년 성적은 1등을 하면서 서울대학교 의과대학에 입학할 수 있을 정도로 우수했다.

국어와 영어는 글을 읽고 이해하는 게 주된 학습 목표인데 고등학교에서는 배우는 문장이 훨씬 어려워지자 평소 독서 실력이 빛을 발하여 성적이 좋을 수밖에 없었다고 한다. 이렇게 국어 영어 성적이 월등하게 좋다보니 즐거운 마음으로 수학과 다른 과목도 기초 원리부터 차근차근 해 나갔더니 성적이 좋아졌다는 것이다.

그는 중학시절 책을 통해 발명왕 에디슨을 만나 그도 그처럼 과학자가 되고 싶었다. 대학에 진학할 때는 공대로 가서 과학자가 되고 싶었지만 의사였던 아버지의 뜻을 존중하여 의대에 가서 의사가 되었다. 하지만 결국 과학자와 비슷한 컴퓨터 바이러스 백신 발명가가 되었다. 중학시절의 독서 속에서 그는 자신의 미래를 꿈꾸고 결국에는 그 길로 들어선 것이다.

그는 CEO 시절에 출근하면서 횡단보도 앞에서도 책을 읽었고, 회사 엘리베이터를 기다리면서도 책을 읽을 정도였다. 그가 애독하는 책들은 철학·정치·경제·문학 등 실로 다양하다. 컴퓨터나 경영 관련 책뿐만 아니라 추리소설도 즐겨 본다. 그런가 하면 '손자병법'은 미국 유학 시절 100번 넘게 읽었다고 한다.

그는 책은 지혜와 행동의 좋은 기준을 얻는 데 있어 가장 효과적인 도구라고 생각하고 있다. 그는 책에서 어떻게 살아가야 하는지를 배웠고, 회사를 경영하는데 있어서 도움이 되는 많은 지혜를 얻었고 이를 적용하여 많은 성공을 거두었다고 한다.

그의 독서 방법은 독특하다. 책을 읽을 때에는 전체 줄거리를 따라 읽기보다 등장인물의 캐릭터에 주목하면서 읽는다. 개별적인 인물에 주목하면서 읽다보니 등장인물의 내면세계에 파고 들 수 있어서 인간에 대한 이해를 넓힐 수 있었다고 한다.

안철수가 강조하는 핵심가치의 의미

그는 조직에 있어서 핵심가치를 강조하고 있다. 국가든 기업이든 다양한 상황에 있는 사람들로 구성된다. 따라서 조직 구성원 각자가 가지고 있는 가치관이나 삶의 목적도 저마다 다르다. 이러한 조직 구성원들이 힘을 한곳에 모아 조직과 구성원 모두가 지속적으로 발전하기 위해서는, 한 지점을 향해 나갈 수 있도록 생각을 공유하는 것이 필요하다.

핵심가치란 구성원들이 믿고 실천하면서 지켜가야 할 원칙이다. 핵심가치는 구성원의 공통된 가치관이자 신념이며 존재이유이다. 그는 조직을 이루고 있는 구성원들이 모여 공통적인 가치관을 형성할 때 그것은 핵심가치가 되고 조직의 영혼이 된다고 생각한다.

어떤 조직이든 모든 것을 다 추진할 수는 없다. 핵심가치에 근거한 비전을 가지고 역량을 집중해야 한다.

안철수의 기업관

그는 "한 사람이 할 수 없는 의미 있는 일을 여럿이 함께 모여 하는 것이 기업이다. 이윤은 그 본질에 충실했을 때 결과로 나오는 것이다"를 전제하면서 기업이 존재하는 것에는 돈 버는 이상의 숭고한 의미가 있다고 보고 있다. 고용창출 외에도 개개인의 자아만족과 사회공헌도 중요하며 그런 것들이 모여서 결국은 잘 사는 세상을 만드는 힘이 된다는 것이다.

"어떤 기업이든 투명한 경영과 부의 공정한 분배가 화두가 되어야 한다. 기업의 목적은 수익 창출 자체가 아니라 고객으로부터 가치를 인정받을 수 있는 물건이나 서비스를 만든 다음에 그것을 판매한 결과로 이루어져야 한다. 목적과 결과를 혼동하여 수단과 방법을 가리지 않고 돈을 벌려고 해서는 안 된다. 수익창출은 본질과 과정에 충실하면 따라오는 결과라는 믿음을 가져야 한다."

그는 기업가에 대해서 "제가 말하는 기업가는 '기업'이라는 글자를 일으킬 '기(起)'자에 업 '업(業)'자를 씁니다. 즉, 한자 그대로 새로운 업을 창출하고 가치를 만들어내는 사람이 기업가(起業家)입니다. 현상유지에 힘쓰는 기업가가 아니라 실패할 위험을 감수하면서도 사회에 새로운 가치와 일자리를 창출하는 기업가를 가리킵니다"라고 하면서 기업가의 판단 기준을 얼마나 큰 기업을 만들었느냐가 아니라 '얼마나 좋은 기업을 만들었느냐?'로 판단해야 한다고 주장한다.

그 자신 벤처기업인 안랩을 설립하여 초창기 수많은 어려움을 겪으면서 삼성SDS로부터 투자를 받았다. 그 후에 그는 포스코 사외이사와 이사회 의장을 지냈다. 이런 경험을 바탕으로 대기업과 중소기업에 대한 균형감각을 가지고 있다. 그는 중소기업과 대기업을 대립적으로 가르는 것은 적합하지 않으며 오히려 중소기업과 대기업은 상호 보완하는 가운데 서로의 장점을 발휘해야 하는 관계로 보고 있다.

한편 그는 대기업이 과보호 되고 있는 사회 구조와 기업 환경을 동물원에 비유하면서 "외국 기업 환경은 생태계인 반면 우리 기업 환경은 동물원이다. 생태계는 상생할 수 있지만, 동물원은 대기업인 강자가 독점하고 독차지하는 구조로 중소기업을 어렵게 한다"고 역설하면서 국가 차원에서 중소기업 지원에 나서야함을 강조한다.

"중소 벤처기업은 국가 경제 포트폴리오로서의 관점, 일자리 창출, 대기업에 창조력과 구매력을 제공해준다는 면에서 의미가 있다. 2천만 명에게 일자리를 제공해주는 중소 벤처기업들이 건실하게 성장할 수 있도록 진정으로 국가에서 걱정해야 한다."

그는 "한국 벤처의 성공을 위해서는 기업가 양성 시스템을 갖추고, 대기업과 중소기업 간의 불공정 거래 관행을 근절해야 한다"고 강조해왔다. 중소기업이나 자영업자에 대한 지원 정책을 펼 것이다.

안철수의 대한민국 사회에 대한 관점

사회적으로 기득권이 과보호되고 있다. 이런 사회는 기득권 구조에 도전하기보다 사회의 부품이 될 것을 요구하고 있는 것이다. 기득권에 있는 사람은 이대로가 제일 좋다. 변화를 바라지 않는다. 이렇게 기득권이 철저하게 유지되면 내부에서 혁신이 일어나기 어렵다. 말 잘 듣는 사람만 원하고, 기득권이 없는 사람은 도전해도 성공하기 힘들다. 사회구조적으로 한번 실패하면 재기가 불가능하다 보니 시도조차 포기하게 만든다. 이런 사회 구조는 바뀌어져야 한다.

우리 사회가 가지고 있는 가장 심각하고 근본적인 문제점은 가치관의 혼돈이다. 사람은 생각과 행동이 다르면 정신병을 앓기 쉽다. 조직도 조직 자체의 판단기준과 실제 행동이 다르다보면 사람과 마찬가지로 정신병을 앓는다. 그는 현재 우리 사회가 조직적인 정신병을 앓고 있는 것은 아닌지 두렵다고 한다.

우리의 의식과 생활 속에 뿌리 깊게 자리 잡고 있던 유교 문화의 전통에 서구의 자본주의와 물질문명이 몰아닥치면서 시작된 가치관의 혼돈은 우리를 심각한 지경으로 몰아가고 있다.

돈에 대해서 사회적으로 떳떳하게 밝히지 못하면서도 서구보다 더 심한 물질 만능주의에 사로잡혀있고, 성에 대해서는 유교적인 가치관을 내세우면서도 세계에서 가장 성을 사기 쉬운 나라로 전락하고 있다.

아예 배려는커녕 다른 사람은 어떻게 되더라도 자기만 잘되면 된다는 개인주의와 집단 이기주의가 팽배해 있고, 원칙과 장기적인 시각을 가진 사람은 시대에 뒤처지는 어리석은 사람 취급을 받고 있다.

이러한 사회 전반적인 이중 잣대나 위선이 사회 전체를 병들게 하고 있는 것이다. 그는 사회적인 많은 문제들이 가치관의 혼돈에 기인하고 있다고 생각한다. 사회적으로 일어나는 많은 문제들은 근본적인 문제에 대한 접근 없이는 아무리 좋은 방안을 마련하더라도 임시방편에 지나지 않을 수 있다는 것이다.

그래도 그는 대한민국의 장래를 낙관하면서 우리 사회가 안고 있는 문제들을 극복할 수 있다고 본다. 대한민국 국민들은 섬세함과 정교함과 예술성을 고루 갖춘 잠재력이 있다. 지난 50년 동안 대한민국은 세계에서 유례를 찾을 수 없는 발전을 이룩해왔다. 이처럼 우리 사회의 여러 문제는 우리 국민들의 힘으로 치유할 것이다. 변혁이 일어나 바뀔 것이다. 하지만 리더들이 잘못 이끌면 그대로 발목이 잡힐 수도 있다.

안철수의
청소년 문제에 대한 생각

수많은 청소년들이 방황하고 있는 상황에서 나라의 미래인 청소년들이 방황하는 것은 청소년들만의 문제가 아니라 우리 사회가 근본적으로 안고 있는 문제가 청소년이라는 창을 통해서 불거져 나온 것뿐이라고 생각한다.

'청소년은 사회의 거울이다'라는 말이 있다. 또한 '불량 청소년은 없다. 불량 어른들만이 있을 뿐이다'라는 말도 있다. 따라서 청소년을 탓하기 전에 어른들 스스로가, 부모 스스로가 자신을 돌아보고 반성하고, 우리 자녀들이 살만한 사회를 만들어 주어야 할 책임이 있다는 점을 인식해야 한다.

그리고 청소년들에게 함께 살아가는 사회에 있어서의 타인에 대한 배려, 돈을 보는 시각, 성을 보는 시각, 그리고 나아가서 급속하게 발전하는 기술들이 인간 사회에서 가지는 진정한 의미 등에 대해서 대화를 통하여 청소년들을 선도할 책임이 있다는 점도 인식해야 한다.

따라서 늦었지만 지금부터라도 혼란 상태에 빠져있는 사회적인 가치관 정립 문제를 사회적인 논의의 장으로 끌어내고 공감대 형성을 해나가는 사회문화운동을 시작해야 할 시점이 아닌가 생각한다. 이러한 기본적인 것에 대한 사회적인 공감대 없이 각론만을 가지고 자기의 이익만을 얻기 위해 다투는 것은 바람직한 방향이 아니다.

근본적인 사회 문제에 대한 공개적이고 솔직한 토론, 상대방의 의견에 대한 배려와 존중, 이견에 대해 적극적인 중재 역할을 할 수 있는 리더십, 합의에 대한 사회적인 공유와 공감대 형성이 아쉽다.

특히 청소년들이 치열한 대학입시에 짓눌리고 있다 보니 사고의 폭을 넓힐 수 있는 여행이나 독서를 통해 직간접적인 체험의 기회를 갖지 못하고 입시공부에 매달리고 있는 실정이다. 그리고 대학 전공을 결정할 때도 자신의 적성을 최우선적으로 고려하는 것이 아니라 안정적으로 돈을 벌 수 있는 직업을 가질만한 전공을 선택하도록 부모와 학교와 사회가 강권하다시피 압력을 가하고 있다. 인생이라는 긴 여행에서 자신이 잘할 수 있는 일, 진정으로 하고 싶은 일을 할 수 있는 기회를 가지도록 해야 한다.

안철수의 청년들에 대한 생각과 정책

그는 먼저 기성세대로서 청년들에게 '청년실업'을 안겨주고 꿈과 희망을 가지지 못하게 하는 현실에 대하여 미안한 생각을 가지고 있다. 비록 힘든 상황이지만 청년들은 실패를 두려워하지 말고 도전정신을 가지라고 말한다.

그는 미국의 실리콘밸리가 성공의 요람이라고 하는데 대하여 실리콘밸리에서는 100개의 기업 중에서 99개는 망하고 1개만 생존하므로 "실패의 요람"이라고 바꿔 말한다. 하지만 실패한 기업이라도 도덕적인 문제가 없고 최선을 다했다면 계속 기회를 준다. 계속 실패하더라도 한 번 1000배 성공하면 그동안의 실패를 모두 갚고도 남는다.

그는 이것이 실리콘밸리의 성공 모델이라고 생각하고 있으며 이처럼 실패한 사람에게도 계속 기회를 주는 게 청년들의 도전정신을 살리는 길이라고 생각하고 있다. 그러므로 실패한 사람이라도 계속 기회를 주는 그쪽이 젊은이들의 도전정신을 만드는 곳이라는 것이다.

이 말속에 '새롭게 도전하는 사람들에게 지속적으로 기회가 주어지는 역동적인 사회를 만들겠다'는 청년들에 대한 정책이 녹여져 있다고 보아야 한다.

청년들은 방황하지 말고 보장된 미래보다는 좋아하는 일을 택하라. 자기에게 정말 맞는 분야를 찾기 위해 쓰는 시간은 값진 시간이다. 자신에게 기회를 주는 게 가장 중요하다. 어떤 직업이나 일을 선택할 때는 의미 있는 일인지, 열정을 가지고 재미있게 할 수 있는 일인지, 잘 할 수 있는 지의 관점에서 기회를 포착해야 한다.

그는 청년들에게 "도전할 때 강물의 세기를 알려면 강물에 뛰어들어야 하지만 앞뒤 재지 않고 무작정 들어가는 것은 무모하다. 강물에 첫발을 담글 수 있는 것은 용기의 영역이지만, 강물의 세기를 느끼고 그 강물에서 다시 무사히 빠져나오는 것은 전략과 계획의 영역이다. 열정을 가지고 도전하되 만약의 경우를 대비한 위기관리는 해야한다"고 당부한다.

4

안철수
대통령이 될 것인가?

안철수의 정치 행보

Ahn은 자신의 삶 전체를 의사, 컴퓨터 프로그래머, 기업가, 교수, 대학원장이라는 가장 비정치적인 길을 걸어왔다. 그는 강력한 도전정신과 추진력, 기업가 정신, 도덕성, 차분하고 겸손한 이미지로 '안철수 현상'을 불러일으키고 있다. 헌신과 진정성이라는 새로운 정치코드로 무장한 Ahn이 이제 국민에 대한 최대의 헌신하는 자세로 '의미 있는 길'을 찾아 새로운 도전에 나선다. 다가오는 대선에서 최대의 상수는 바로 '안철수 현상'일 것이다.

그동안 30대 후반에 비례대표 국회의원을 제의받았고 이후 장관, 정부위원회 위원장, 서울시장 후보, 청와대 수석 등 정치권이나 정부 쪽에서 여러 차례 제의를 받았던 그가 가장 정치적인 무대인 대선에서 어떤 정치적인 행보를 보일 것인가?

그는 오랫동안의 침묵을 깨고 실질적인 대선 출마 선언을 저서《안철수의 생각》을 통해 했다. 그 중에서 가장 인상적인 말은 "도전은 힘이 들 뿐, 두려운 일이 아니다"라고 했듯이 그는 힘든 대선 국면에서 용기를 가지고 정진해 나갈 것이다.

안철수가 대통령이 되려는 이유

Ahn은 그동안 역대 정권에서 서울시장 후보, 장관, 국회의원, 청와대수석, 국무총리 등의 제안을 받았으나 모두 거절했다. 그런 그가 왜 2011년 10월 서울시장 보궐선거 출마를 고민했으며 대선에 출마하려 할까?

그는 결단을 내릴 때 '사회의 긍정적 발전에 얼마나 도움이 되는 역할을 할 수 있을까?'의 관점에서 판단한다고 한다. 그는 "사회발전의 도구로 쓰인다면 정치도 감당할 수 있다"고 말해왔다. 그는 권력을 욕망의 대상이 아니라 희생과 책임감의 대상이라고 생각하고 있다. 권력을 탐하거나 명예를 위해서가 아니라 사회와 국가에 대한 봉사와 헌신의 차원에서 출마하는 것이다.

그는 2011년 서울시장 보궐선거 사태에 대하여 무척 화가 난 것 같다. 어린 학생들의 먹는 급식을 가지고 정치적으로 이용하여 행정 혼란 세금 낭비를 하면서 찬반 투표에 부치고, 부결된 것을 빌미로 서울시장직을 사표 낸 것에 대하여 향후 정치적 위상과 정치적 장래를 도모하기 위한 정치적인 이벤트를 한 것으로 본 것이다. 즉 학생들의 급식 문제를 정치적으로 이용하려 했다는 것이다.

그는 이에 분노하여 자신이 직접 서울시장에 출마하여 정치적으로 응징하려고 했던 것이며 자신이 평소에 가지고 있는 생각과 아이디어를 행정을 통해 실현시켜 보고 싶어 한 것이다.

대통령 출마도 마찬가지다. 그는 대통령에 출마하지 않고 그대로 자신의 일에 정진한다면 깨끗한 이미지를 유지하고 발전시키면서 개인적으로는 상당한 영향력을 행사할 수 있을 것이다. 하지만 실질적으로 국가와 사회 공동체에 기여하는 데는 한계가 있기 때문에 직접 대선에 출마하여 견고한 기득권 세력을 깨뜨리고, 사회의 시스템을 고쳐 나가면서 사회를 변화시키고 국가를 발전시키는데 기여하고자 하는 것이다.

대통령 출마는 그동안 자신이 펼친 헌신의 연장선상이다. 이는 Ahn이 자신이 보유한 안랩 주식 절반을 사회에 기부하겠다는 결심을 밝히면서 안랩 임직원들에게 보낸 이메일 내용을 뜯어서 음미해 보면 알 수 있다.

그는 이메일에서 "건강한 중산층이 무너지고, 특히 꿈과 비전을 갖고 보다 밝은 미래를 꿈꿔야 할 젊은 세대들이 좌절하고 실의에 빠져 있다." "우리 사회가 안고 있는 수많은 문제의 핵심 중 하나는 가치의 혼란과 자원의 편중된 배분이며 그 근본에는 교육이 자리 잡고 있다"고 했다. 그러면서 "진심어린 위로도 필요하고 대책을 논의하는 것도 중요하지만 공동체 상생을 위해 작은 실천을 하는 것이야말로 이 시점에서 가장 절실하게 요구되는 덕목이라고 생각한다"고 했다.

이 문구들을 찬찬히 해석해 보면, 위로나 대책을 논의하는 것에 그치는 것이 아니라 이제는 자신이 현 시점에서 할 수 있는 재산의 사회환원이라는 '작은 실천'에서 더 나아가 대통령으로서 실행을 통해서 헌신의 자세로서 공동체의 상생에 기여하는 '큰 실천'을 하겠다는 소망을 피력한 것이다

그는 대한민국 정치 행태에 대하여 분노하고 있다. 패거리 정치, 이전투구를 벌이며 끊임없이 정쟁에만 몰두하는 정치, 각종 부정부패로 냄새나는 정치, 권력욕에 사로잡힌 사리사욕의 정치, 민생에는 아랑곳하지 않는 정치에 대해 분노한다. 그러면서 국민들에게 봉사하는 정치, 공정한 기회가 보장되는 정치, 마음껏 창의성을 펼칠 수 있게 하는 정치, 약자를 보호하는 정치, 깨끗한 정치를 통해 새로운 정치를 보여주고 싶어 한다.

그는 대통령이라는 자리가 많은 것을 할 수 있고 바꿀 수 있다고 여

기고 대통령 당선을 위해 최선을 다할 것이다. 그의 책 제목처럼 '영혼이 있는 승부'를 펼칠 것이다. 그리하여 그의 삶이 말해 주고 있듯이 봉사와 헌신의 정신으로 국가와 사회 공동체를 위해 일해 나가고자 할 것이다. 그리하여 그 자신의 말처럼 언젠가 '별 너머 먼지'로 돌아갈 인생에서 '삶의 흔적'을 남기기 위해 모든 것을 걸고 최선을 다할 것이다.

안철수의 정치적 자산

Ahn의 최대의 정치적 자산은 그의 삶 자체이다. 본받을만한 긍정적이고 미래지향적인 삶의 스토리이다. 의사, 컴퓨터 프로그래머, 경영자, 교수, 대학원장 등 다양한 경험과 드라마틱한 이력으로 도전과 헌신의 이미지를 지닌 삶의 궤적이 가장 큰 정치적 자산이다.

의학박사로서 의사와 의대 교수라는 안정적 직업을 포기하고 컴퓨터 백신 프로그래머라는 생소한 직업을 택하고, 벤처기업을 창업하여 컴퓨터 백신을 개인 사용자들에게 무상으로 배포한 것이 대중적 인기를 잉태한 요인이었다. 대중들은 자신이 그런 사회적 지위와 위치에 있다면 도저히 선택할 수 없는 길을 걸은 그를 통하여 대리만족과 신선함을 느끼고 있는 것이다.

무엇보다 그의 삶에서 보여준 진정성과 헌신성, 도덕성과 참신성에 국민들은 신뢰를 보내면서 대한민국 미래에 대한 비전을 제시하고 실천능력을 보여줄 것을 기대하고 있다.

'안철수 현상'은 정치인들에게 흔히 나타나는 이벤트성이 아니다. 기성 정치권에 대한 혐오와 반감도 있지만 무엇보다 안철수라는 인물에 대한 맨 파워이다. 기존 정치인들은 싸우고 있는데 올바른 삶의 자세를 말하고 헌신을 거론하면서 실천하고, 세계 경제의 흐름을 예견하고, 미래를 내다보는 Ahn에게 국민들은 감동받지 않을 수 없다. 탈정치의 참신함, 도전하는 삶, 헌신하는 삶, 겸손함이 '안철수 현상'을 일으키고 있는 것이다.

저서, 강연, 방송, 인터뷰를 통해 자신의 철학과 사회에 대한 의견을 피력해 왔으며 무엇보다 도전하고 헌신하는 삶의 모습을 통해 자신의 철학과 생각을 각인시켰기 때문에 대중적 기반이 쌓였으며 다져졌다. 젊은이들의 가장 대표적인 멘토로 손꼽히고 있으며 열광하는 수많은 마니아가 있다.

그에 대한 신뢰와 기대는 갑자기 형성된 것이 아니라 잠재되어 있던 변화를 원하는 대중들의 정서가 분출된 것이며 출마를 기점으로 서서히 폭발 지점을 향하여 나아갈 것이다.

안철수의 지지 기반

Ahn에 대한 지지는 기존 정치권에 대한 식상함에 대한 반사적인 면도 있지만 Ahn의 그동안 행적과 책과 강연을 통한 그의 생각을 인지하고 대한민국 발전에 대한 커다란 기대가 더 큰 몫을 차지하고 있다. 지지기반은 굉장히 견고하다

국민들은 기존 정치행태에 대한 혐오와 불신이 팽배해 있으며 정쟁에 지쳐있다. 경제적으로는 중산층이 붕괴되고 있고 청년실업과 민생고로 인해 젊은층과 서민, 중산층의 불만은 극에 달해 있다. 이와 같은 문제는 구조적이고 뿌리가 깊다. 이들은 기존 정치권에 대한 신뢰추락으로 더 이상 기대를 하지 않고 있으며 변화를 원하는 대중들은 '새로운 메신저'를 기대하고 있다.

‘가장 존경하는 최고경영자(CEO)’, ‘멘토로 삼고 싶은 사람’, ‘호감가는 기업인’ 등을 뽑는 각종 설문조사에서 수년째 젊은층의 압도적 지지를 받아 왔다. 이들이 Ahn을 지지하는 이유는 막연한 지지가 아니라 Ahn의 저서와 강연과 각종 보도를 통해서 그의 철학을 공유하고 있기 때문이다. 이들의 지지 기반은 단단하게 다져져서 견고하며 정치 조직화가 가능한 새로운 정치집단인 제3세력이다.

Ahn의 가장 강력한 지지 세력은 20~30대이며 여기에다 40대도 가세했다. 이처럼 연령에 따른 계층뿐만 아니라 합리적 진보 성향의 야당 지지층, 개혁적 보수 성향의 여당 지지층, 소위 말해 강남좌파라고 하는 진보 지식인, 무당파, 시민단체 인사 등이 망라되어 있다. 여기에다 Ahn과 함께한 〈청춘콘서트〉의 참석자가 5만 명 정도이며 이들은 Ahn과 함께 공감을 나누었기에 정당의 당원들보다 훨씬 더 열성적인 지지자들이다.

또 Ahn의 멘토로 알려져 있는 법륜스님의 ‘즉문즉설’ 프로그램인 〈희망세상 만들기〉에 참석한 사람들도 Ahn의 지지층이다. 이미 시·군·구를 중심으로 400회 이상 실시했으며 참석 인원은 30만 명 이상이며, 참석하여 입장하기 전에 받는 참가신청서를 통해 참석자들을 체계적으로 관리하고 있다.

〈청춘콘서트〉 참석자들과 〈희망세상 만들기〉 참석자들은 정당의 당원들과는 달리 자발적인 지지자이자 참여자들로서 연령, 직업, 지역들이 다양하다. 선거가 시작되어 소셜미디어와 소셜네트워크서비스(SNS)를 통한 이론 무장과 활동을 독려한다면 열성적으로 나서서 폭발력을 발휘할 것이다.

여기에다 견고한 지지층은 젊은 엄마들이다. 이들이 자기 자식이 가장 닮고 싶은 인물이 안철수라고 하는데 이보다 더한 지지 표현이 어디에 있겠는가? 겉으로 드러내놓고 지지 활동은 하지 않겠지만 마음속에 단단한 지지 의사를 가지고 있다.

50대 이상의 연령층이 Ahn 지지로 선회할 수 있다. 2040세대들이 무조건 Ahn을 지지하는 것이 아니다. 그들은 Ahn에 대한 다양한 정보를 접한 결과 지지하는 것이다. 여기에 비해 50대 이상은 정보 접근성이 2040세대보다는 훨씬 떨어진다. Ahn이 그동안 '어떻게 살아왔는지 어떤 생각을 가지고 있는지'를 모른 채 선입견과 그동안의 관성적인 지지를 견지하고 있었다.

하지만 막상 본격적인 선거 국면이 펼쳐지면 다양한 정보를 접하게 되면서 Ahn에 대한 진면목을 알게 되고 젊은 자녀들의 설득을 받아 Ahn의 지지로 선회할 가능성이 높다. Ahn에 대해 알면 알수록 지지 기반은 폭발성을 띠면서 늘어나고 다져질 것이다.

Ahn은 부산 출신이며 할아버지는 경남 양산이며 아내는 전남 순천으로 부산 경남과 호남 지역을 아우를 수 있는 지역기반을 가지고 있다.

안철수는 정치 경험이 없는 것 아닌가?

어떤 사람이 말한다. "안철수가 정치를 뭘 아는데?" 그러면 이렇게 되묻고 싶다. "정치를 아는 사람은 어떻게 하는데?"

그동안 대한민국 정치에서 정치를 오래한 정치인들이 어떻게 했으며 그들 중에 많은 사람들의 말로가 어떻게 되었는지 보라. 상당수 정치인들이 패거리 만드는 것, 뇌물 먹고 부정부패 저지르는 수법 배우는 것, 싸움박질 하는 것을 보여주지 않았는가?

역대 대통령에 당선된 사람의 경력은 무엇이며, 지금 유력 대선 주자의 경력은 무엇인가? 오랫동안 정치를 함으로써 국가 발전과 국민들을 위해 가지고 있는 장점은 무엇인가?

또 어떤 사람은 "정치판에는 권모술수가 판을 치는 곳인데 순진한 안철수가 당선되기는커녕 견딜 수조차 있겠는가? 그리고 당선되더라도 제대로 국정을 수행할 수 있겠는가?"라고 말한다. 그러면서 대한민국 정치를 비판하면서 깨끗해야 한다고 역설한다.

그야말로 이중적인 사고방식이다. 그런 말이 어디 있는가? 권모술수를 할 줄 아는 사람이 정치를 해야 한다고 주장하면서 정치가 깨끗해지기를 바라다니, 정말 어처구니없는 논리요 사고방식이다. 이런 사람들이 존재하는 한 대한민국에 어떤 정치 발전도 없으며 부패의 고리도 끊을 수 없다.

구정물을 정화하려면 맑은 일급수를 들이부어야 하듯이 권모술수가 판을 치는 정치판에 맑고 깨끗한 사람들이 수혈되어 정화시켜야 한다. Ahn은 자신이 안랩을 창업한 이유에 대해 "왜곡된 시장 구조로 척박한 환경이었지만 한국에서 정직하게 사업을 하더라도 자리를 잡을 수 있다는 것을 증명하고자 노력했다. 투명경영, 윤리경영이 장기적으로 더 큰 힘이 되는 사례를 만들어보고 싶었다"고 말했듯이 정직하게 정치하더라고 자리를 잡을 수 있다는 것을 증명해 보이려고 할 것이다.

Ahn이 정치 경험이 없다는 것, 즉 탈정치의 이미지가 오히려 대중들에게 신선하게 다가가 어필할 것이다. 그는 정치적인 경험은 없어도 비전을 가지고 벤처기업을 창업하여 소위 말해 자수성가했다. 글로벌 시대에 걸 맞는 다양한 경험과 국제적인 감각을 가지고 있으며, 항상 새로운 일에 도전하고 공부하면서 최선의 노력을 기울이는 사람이다. '학습 능력'과 '적응력'이 탁월하기 때문에 대통령으로서 정치적인 메커니즘을 금세 깨우칠 수 있는 사람이다.

그가 정치에 몸담지 않았기 때문에 정치에 함몰된 시각이 아니라 다양한 시각을 가지고 정치에 임할 수 있다. 소위 말해 패거리를 만들지 않았기 때문에 대통령에 당선된 후 신세진 사람들에게 자리를 나누어주는 식의 인사 전횡을 부리지 않고 능력 있는 사람을 발탁하는 공정한 인사를 할 수 있다.

그는 대통령이라는 자리가 혼자서 독단을 부리며 국정을 수행하는 자리가 아니라는 것을 잘 알고 있다. 그는 안랩을 창업해 놓은 직후에 직원들을 믿고 2년간 미국 유학을 떠났으며, 귀국하여 회사를 반석 위에 올려놓은 다음에 창립 10주년을 맞이하자 전문 경영인에게 위임하고 이사회 의장으로 물러나 지금까지 전문 경영인에게 맡기면서 회사 발전을 이루고 있다. 그러면서도 이사회 의장과 최고학습책임자(CLO)로서 회사가 핵심가치를 잃지 않고 직원들이 스스로 발전할 수 있도록 주도적인 역할을 하고 있다.

그가 대통령에 당선되면 국정의 최고 책임자로서 중심에 서서 국정의 방향과 국가의 핵심가치를 주도해 나갈 것이며 자신이 부족한 부분은 그 분야의 인재를 영입하여 믿고 맡길 것이며, 인사의 공정성을 기하여 그들이 마음 놓고 거리낌 없이 일할 수 있는 분위기를 만들어 줄 것이다. 내각이나 국정의 중요한 자리에 낙하산식의 정치인 일변도의 기용이 아니라 자신의 다양한 경험을 살려 다양한 분야의 참신한 인재를 중용할 것이다.

정치경험이 없는 것이 새로운 시각을 가지고 새로운 정치를 할 수 있는 기반이 될 수 있다. 때가 묻지 않았다는 것이 오히려 강점이다. 그는 정치적 경험이 없는 강점을 살려 열린 사고와 함께 다양한 분야의 인재를 등용함으로써 현대사회의 다양성을 주도하는 국정을 펼쳐나갈 수 있을 것이다. 전문지식, 결단력, 포용력을 가지고 국민들을 포용하고 안심시키고 공직자들이 국민들에게 봉사하도록 할 것이다.

안철수가 정치세력 없이 대통령에 당선될 수 있을까?

'Ahn이 기존 정당의 조직이나 국회의원 등 정치세력이 없이 대통령에 당선될 수 있을까?' 하고 의구심을 가지는 사람이 있을 것이다. 하지만 이는 기우일 수 있다.

흔히 선거를 조직과 자금에 좌우된다고 말하지만 이를 일시에 무너뜨릴 수 있는 것은 바람이다. 바람보다 더 센 폭풍이 불면 이는 걷잡을 수가 없는 것이다. 소위 말해 선거혁명이 일어나는 것이다.

Ahn의 대선 출마로 정치적 무게와 지지도는 수직 상승할 것이다. 그는 국민들 앞에 노출될수록 지지를 지속시키고 상승시킬 만한 코드를 가지고 있는 인물이다. 도덕성, 책임감, 진정성, 참신성으로 무장한 그가 대선에서 '태풍의 핵'이 되어 시대를 뒤흔들 수 있다. 국민들 속으로 파고들면서 헌신의 자세로 국가의 비전을 제시하고 자신의 콘텐츠를 보여주면서 소통 능력을 발휘하고 스킨십을 펼쳐나가면서 국민에게 다가가면 엄청난 폭풍이 일어날 것이다.

그의 대선 출마로 대선 국면이 태풍권에 들어와 그 향방이 시계 제로 상태가 지속되면서 투표 당일까지 예상하기 어려운 상황이 올 수 있다. 억눌렸던 거대한 정치 에너지가 대형 태풍으로 변해 기성 정치질서 곳곳을 무너뜨리면서 휩쓸고 지나가는 선거혁명의 상황이 전개될 수 있다.

기존의 정당들이 지난 총선 결과를 의식하여 1당과 2당의 대결 구도가 대선에서 전개될 것이라고 판단한다면 오판도 한참 빗나간 오판이 될 것이다.

지난 총선은 김정일 사망에 따른 안보 위기, 서울시장 선거 과정에서의 중앙선거관리위원회 홈페이지에 대한 새누리당(당시 한나라당) 인사의 디도스 공격, 박희태 국회의장이 예전에 새누리당(당시 한나라당) 대표 경선 과정에서 뿌린 돈 봉투 사건 등 새누리당의 위기에 따른 지지층 결집과, 민주당의 한미FTA 반대, 제주 해군기지 설치 반대 당론에 따른 찬반 지지층으로 극명하게 갈린 점과, 대선을 앞둔 총선으로 여당과 제1야당으로 갈렸다.

총선 당시 적극적인 지지층에 의한 투표도 있었지만, 상대 정당이 싫어서 덜 싫어하는 정당에 투표한 경향도 있었다. 여당과 제1야당이

싫었지만 군소정당들이 대안정당이 될 수 있다고 판단하지 않았기 때문에 여당 아니면 제1야당을 찍을 수밖에 없었다. 만약 Ahn이 정당을 창당하였거나 정치세력을 만들어 총선에 참여했다면 선전하는 정도가 아니라 돌풍이 불었을 것이다.

Ahn의 대선 출마는 나름대로 완벽한 준비와 결단의 결과로 보아야 한다. 그는 꼼꼼하고 철저한 사람이다. 항상 문제를 대할 때마다 개론에서 출발해서 각론을 섭렵한 후 핵심에 다가서는 스타일이다. 그는 일단 결단이 서면 과거의 성공에 대한 미련을 버리고 앞만 보고 모든 것을 걸고 '영혼이 있는 승부'를 펼쳐왔다. 마찬가지로 대선에서도 권력의지를 가지고 승부사 기질을 발휘할 것이다.

선거 환경이 급변했으며 급변하고 있다. 탈정치의 추세에다 기성 정치에 대한 불신과 반감으로 새로운 정치에 대한 기대가 높다. 소위 말해 '피플 파워'라고 하는 민심은 무섭다. 국민들의 변화의 욕구에 부응하는 대통령상이 요구되는 시대다. 여기에다 온라인 문화와 소셜미디어와 소셜네트워크서비스(SNS)로 대변되는 획기적인 선거운동 방법은 기존의 조직과 자금에 의한 선거운동 방법을 무력화시키고 있다.

Ahn은 IT 전문가이며 지지층은 젊은 사람이 많아 SNS 등에 능숙하다. 그는 SNS 등으로 지지층을 결집할 것이다. 당원에 비유되는 정규군이 아닌 자발적 지지자인 의병이 싸우는 방식으로 SNS 등을 활용해 부단히 이슈와 메시지를 던지는 방법의 선거운동을 펼쳐나갈 것이다.

존 정당 조직이나 국회의원 숫자만이 조직이라고 생각하면 큰 오산이다. Ahn을 지지하는 자생적 마니아 그룹이 많다. 이들은 정당의 당원들보다 자신이 지지하는 Ahn에 대한 열정의 강도가 매우 높다. 〈청춘콘서트〉 참석자 5만 명과 벤처업계를 대변해온 Ahn을 지지하는 IT 업계 종사자, 박원순 서울시장을 지지했던 시민단체, 멘토라고 불리는 법륜스님이 주최한 〈희망세상 만들기〉 참석자 30만 명, Ahn을 지지하는 멘토 그룹의 일원이 될 수 있는 공지영, 김제동, 이외수, 이재웅, 조국 등은 주위에 파급력과 확산력이 매우 큰 인물들이다.

전혀 정치를 의식함이 없이 지금까지 살아온 Ahn의 진정성 있는 삶이 국민들에게 어필되고, Ahn을 갈망하는 열성적인 지지자들이 국민 속으로 파고들 때 민심이 요동치면서 선거혁명이 일어날 수 있다.

대통령 안철수가 정치세력 없이 국정운영을 할 수 있을까?

'그가 대통령에 당선되더라도 정당이나 국회의원 등 정치세력이 약한 상황에서 국정운영을 제대로 할 수 있겠는가?' 하고 의구심을 가질 수 있겠지만 기우일뿐만 아니라 이와 같은 상황이 오히려 합의를 통한 국정운영을 더욱 원활하게 할 수 있는 요인이 될 수 있다.

그는 우리 시대의 여러 문제를 해결하기 위해 지금 우리에게 필요한 것은 '소통과 합의'라고 주장한다. 그동안 자신의 삶의 결과가 말해주듯이 다양한 의견을 수렴하고 포용하면서 국민의 지지를 받아 이를 펼쳐나갈 수 있을 것이다.

그는 거국내각을 구성하여 포용하는 정치를 펼칠 것이다. 거국내각의 구성은 포용하는 정치의 시금석으로 헌정 사상 초유의 일이 될 것이다. 큰 정치적 실험이 될 것이며 이는 대한민국 정치발전의 커다란 이정표가 될 수 있다. 이는 정치혁명이다.

국민들은 그동안 여당과 야당의 정쟁에 진절머리를 내고 있다. 그동안 여야 간의 극단적인 대립과 정쟁은 대통령이 실질적인 여당의 수장이라는 점에서 기인한다. 대통령이 특정 정파의 수장이 아니라 국정의 중심에 서서 불편부당한 국정을 펼친다면 소모적인 정쟁을 불식시키고 획기적인 국가 발전을 이룰 수 있을 것이다.

지금 국회의장의 경우 선출되면 소속된 정당에서 탈당하여 무소속으로 국회를 이끌어간다. 하물며 첨예한 수많은 국정을 주도하는 대통령은 더욱더 중립적인 입장에서 국정을 이끌어가야 한다. 대통령이 거국내각 구성을 제안하는데 이를 거부하고 권력투쟁에 눈먼 정치를 펼치려한다면 국민들이 용납하지 않을 것이다.

대통령의 리더십은 정치세력이 많고 적음에 좌우되는 것이 아니라 국민들의 지지에서 나오는 것이다. 원활한 국정은 국회의원들 숫자 확보로 수행하는 것이 아니라 국민들의 지지가 가장 중요하다. 대통령이 바른 정책을 내놓는데 정당들이 당리당략으로 반대하거나 반대를 위한 반대를 하면서 국정의 발목을 잡을 수 있겠는가?

그가 정치에 있어서의 포용의 필요성에 대하여 한 말이다. 음미할 만한 대목이다.

"어떤 책을 보니, 정치와 전쟁의 차이점에 대해 둘 다 적과 싸우는 것은 똑같은데 전쟁은 적을 믿으면 안 되는 반면 정치는 적을 믿어야 정치가 된다고 한다. 그런 맥락에서 보면 우리나라에는 정치가 없는 것이다."

안철수의 정치 노선

Ahn은 합리적 현실주의자이자 실용주의자로 진영 논리가 아니라 국가와 사회의 공동체 자체의 가치관을 중시하는 사람이다. 그는 정치를 보수냐 진보냐 하는 정치 노선이 아니라 상식과 비상식의 관점에서 바라본다. 그는 기존의 보수와 진보의 틀이 아닌 상식과 비상식으로 나눈 새로운 패러다임으로 접근해야 한다고 하면서 '상식의 정치'를 주장한다.

그는 기존 정치세력들이 보수냐 진보냐 하는 이분법적으로 재단하는 것에 대해 "안보 문제는 보수적인 입장을 가지고 있고, 경제 문제에는 진보적인 시각을 가지고 있다면 보수인가? 진보인가?" 이처럼 이분법적으로 나눌 수 없는 것이며 이렇게 이분법적으로 나누겠다는 것은 그 사람을 이념에 함몰시켜 이득을 보려고 하는 세력이라고 비판한다.

대한민국에 횡행하는 흑백논리는 굉장히 위험하다. 항상 그 사이 어느 지점이 있게 마련이인데도 좌빨(좌익 빨갱이) 수꼴(수구 꼴통)이라고 하여 양극단으로 몰아버린다.

균형감각이 필요하다. 진정한 균형감각이란 양극단의 중간 지점에서는 게 아니라 사안에 따라 양극단을 부단히 오가면서 균형점을 찾아가는 과정이다. 정태적인 것이 아니라 동태적인 과정이다. 균형감각을 유지하려면 상대방의 입장에서 이해하려고 노력해야 한다. 저마다 균형점은 다르겠지만 그 지점을 찾으려고 시도해야 한다. 양극단에 머물거나 중도라는 이름으로 중간 지점에 서 버려서는 안 된다. 극심한 진영 간 갈등의 골을 메워야 한다.

Ahn은 사안에 따라 다양한 스펙트럼을 가지고 있다. 그는 진영논리에 휘둘리지 않고 공동체 전체를 위한 가치관을 가지고 있다. 대중들이 그에게 환호하고 지지를 보내는 것은 보수냐 진보냐 중도냐 하는 그의 정치적 노선이 아니라 그의 인격과 신뢰성에 기반을 두고 있다. 기존 정치인이 가지고 있는 이미지와 달리 진지함과 도덕성, 참신성에 신뢰를 보내고 있는 것이다.

안철수가
우선할 정책

2012년 7월 19일 출간된 저서 《안철수의 생각》에서 대선에서의 정책 비전을 밝혔지만 앞으로 이를 구체화 해나갈 것이다.

백화점식의 나열하는 정책이 아니라 자신이 기업 경영을 하면서 강조한 '핵심가치'를 중심에 두고 이를 이루어내기 위한 분야별, 지역별, 세대별 정책을 담고 실용주의자인 Ahn이 국민들이 피부로 느낄 수 있는 생활 밀착 이슈를 제시할 것이다.

자신이 그동안 언급하고 관심을 기울였던 대기업과 중소기업의 상생 정책, 젊은 세대들의 도전정신과 창의성을 발휘하게 하는 정책, 청년실업과 비정규직 차별 해소를 위한 정책, 폭등하는 대학 등록금 해법, 중·고생 사교육비 문제 해소가 주요 정책 과제가 될 것이다.

국민들이 어떤 후보를 지지할 때는 모든 것을 다 잘할 것이라는 기대를 하는 것이 아니다. 그 사람의 특질을 보고 어떤 것에 치중하여 잘 할 수 있을 것이라는 기대를 갖는 것이고 대통령 취임 후에 이에 부응할 때 적극적인 지지를 보내는 것이다.

창의와 혁신을 시대정신으로 내세우면서 국민들이 직접적으로 피부에 와 닿는 문제에 대한 언급을 해야 한다.

Ahn의 깨끗한 이미지는 부정부패를 척결하고, 의사와 IT전문가로서 창의적인 국정을 펼칠 것이라는 기대와 성공한 벤처기업가로서 먹거리를 창출하고, 교수로서 교육 문제 해결에 나설 것이라는 기대를 갖게 한다.

Ahn은 정치권의 부정부패와 현 정권의 측근 권력비리, 친인척비리를 비판하고 이에 대한 획기적인 선언과 공약을 해야 한다. 고리타분한 정책과 관료 문화를 깨는 획기적인 창의성을 발휘하는 공약을 내세워야 한다. 국민들의 지속가능한 먹거리 창출을 위해 국가가 추진해야할 핵심가치를 내세워야 하며 교육문제가 대학입시가 전부인 것처럼 되어 있는 상황을 타파하고 근본적인 차원에서 획기적인 교육개혁 문제를 들고 나와야 한다.

부정부패와 관련하여 저축은행 비리로 서민들이 피눈물을 흘리는 상황을 위로하고, 창의적인 정책과 관련하여 이공계 기피 현상에 대한 해소책과 민생 문제와 연관 지어 주택 거래의 실종과 주택 가격 폭락에 따른 중산층의 붕괴에 대한 언급과 사행산업(각종 복권, 강원랜드 카지노, 경마, 스포츠 복권, 인터넷 게임)이 국가에서 앞장서서 하고 있는 실태에 대한 지적과, 사행산업이 국민들의 여가 선용이 아니라 서민들의 주머니를 털고 파탄 나게 만드는 현실에 대한 비판과 이에 대한 대책을 내는 등 국민들이 피부에 와 닿는 관심 사항에 대한 언급이 필요하다.

또한 교육 문제와 관련하여 청소년의 폭력 문제에 있어서 그들의 인성 문제와 관련지어 가정의 중요성에 대한 강조도 해야 하며 결손 가정에 대해서는 국가와 사회가 그들의 가정이 되어주어야 하고 보듬어 주어야 한다는 화두를 던짐이 필요하다. 가정 회복 운동에 있어서는 '안철수재단'이 일정 부분 역할을 할 수 있음을 천명하는 것이 좋을 것이다.

그 동안 각종 강연에서의 그의 발언을 살펴보면 중소기업이 대기업의 하청업체로 전락되어 있는 상황을 방치하지 않을 것이다. 대기업과 중소기업이 수평적인 관계에서 상생하도록 만들어 건전한 중소기업을 중견기업으로 성장하도록 할 것이다. 교육문제에 있어서는 학문과 학문끼리 융합하는 시대에서 현재 고등학교 교육과정에 문과와 이과의 구분을 없앨 것이다. 그는 특히 금융사기를 벌여서 서민들에게 피눈물을 흘리게 하고 얼마간 교도소에 살고 나와서 사기 친 돈을 가지고 평생 동안 호의호식하는 범죄자들에 대하여 강연에서 분노를 표

출한 적이 있다. 이와 같은 상황을 용납하지 않고 엄벌하는 제도를 마련할 것이다.

안철수의 차별적인 강점

'수신제가치국평천하(修身齊家治國平天下)'와 '윗물이 맑으면 아랫물이 맑다'를 실현할 수 있는 인물이라는 점이다. Ahn 자신이 청교도적인 깨끗함과 헌신적인 삶을 살아왔으며, 그의 삶 자체가 국민들에 대한 모범이며 솔선수범이다.

그의 가족들은 제각기 긍정적이고 모범적인 스토리를 가지고 있다. 아내는 Ahn과 마찬가지로 전도유망한 의사였으면서도 의사 가운을 벗고 도전과 헌신의 자세로 법학을 전공하여 의학과 법학을 융합한 학문을 후학들에게 가르치면서 의학 분야의 특허권 확보에 기여하고 있다.

의사인 아버지는 한 평생을 가난한 서민들을 위하여 의료 봉사를 펼치면서 검소한 생활로 '부산의 슈바이처'로 불릴 정도로 존경을 받는 인물이며 자식들에게 헌신과 배려를 온 몸으로 보여주었다. 어머니는 자식을 한 인격체로 여기면서 자식에게 존댓말을 쓰고 배려를 당부하는 등 모범적인 어머니상을 가지고 있다.

딸은 미국에서 화학과 수학을 복수 전공하는 박사과정에 있는 과학자의 길을 걷고 있다. 두 동생 중 남동생은 한의사이며 여동생은 치과 병원을 운영하고 있다.

가족들의 삶의 모습과 가정교육 그리고 가족들 전부가 의사 출신이거나 과학자의 길을 걷고 있어 정치에 기웃거리거나, 호가호위하면서 권력을 과시할 가능성과 부정부패를 저지를 가능성은 없다고 보아야 한다.

역대 정권에서 친인척비리와 자식이나 형제들에 의한 권력남용이 극성을 부리고 끊임없이 벌어지고 있는 상황에서 가족들이 권력남용이나 친인척비리를 저지를 개연성이 없다는 점이 가장 큰 강점이다.

'윗물이 맑아야 아랫물이 맑다'는 측면에서 Ahn 자신이 도덕적으로 깨끗하기 때문에 관료나 측근들에게 모범적이라는 점이다. 그의 존재감만으로도 관료들은 권력남용이나 부정부패를 저지를 수 없는 풍토가 조성될 것이다.

외유내강한 Ahn은 CEO 시절 업무와 관련하여 임직원들이 갑의 입장이 되어 을의 입장에 있는 업체로부터 접대를 받는 것을 금지했으며, 정직하지 못하거나 부정을 저지른 행위에 대하여 용납하지 않았다고 한다.

대한민국 대통령 역사를 볼 때 돈이 있다고 해서 돈을 탐내지 않는 것은 아니지만, Ahn은 재단에 1,500억 원을 기부할 정도로 경제적인 면에서 자유로울 뿐만 아니라 그동안의 삶을 볼 때 부정부패를 저지를 가능성은 전혀 없으며 행동에 있어서 도덕성과 겸손, 솔선수범의 자세를 유지할 것이다.

'윗물이 맑아야 아랫물이 맑다'는 말의 관점에서 Ahn은 최소한 윗물은 맑을 것이다.

안철수 주위의 주요 인물에 대한 평가

Ahn의 멘토로 불리는 법륜 스님은 열린 사고를 가지고 있으며 스마트하다. 막사이상을 수상할 정도로 국제적인 구호 활동과 봉사를 펼쳐왔다. '즉문즉설'을 하는 〈희망세상 만들기〉 전국 시·군·구별 강연을 통해 다양한 참가자들에게 마음의 위안과 해결책을 제시하고 베스트셀러를 통해 대중들에게 널리 알려져 있다. 특히 TV 프로그램 〈힐링 캠프〉를 통해 생생한 진면목을 보여주었다.

대선국면에서 Ahn의 당선을 위해 적극적인 역할을 할 경우 그 파급력은 대단할 것이다. 폭넓은 대중성을 가지고 있을 뿐만 아니라 수십만 명에 달하는 지역별·세대별·직업별로 다양한 〈희망세상 만들기〉 참가자들에 대한 영향력은 지대하다. 2012년 5월에 출간된 대담

집《새로운 100년》을 보면 대한민국 국운의 재도약을 위한 이번 대선의 중요성을 깊이 인식하고 있으므로 대선에 적극적인 참여와 활동으로 복지와 통일 시대를 여는 대통령 탄생에 기여하고자 할 것이다.

그는 이 책에서 "성장의 리더십과 투쟁의 리더십에 이어 이제는 통합의 리더십이 필요한 시대이다. 그에 걸맞은 지도자는 안철수 같은 사람"이라고 말했다.

Ahn과 〈청춘콘서트〉를 공동 진행한 '시골의사' 박경철 원장은 같은 의사 출신으로 철학이나 지향점에서 Ahn과 교감이 가장 큰 '절친'이다. 사회 부조리를 혁파하고 싶은 신념을 가지고 있으며 젊은이에 대한 관심과 비전을 제시하고 있다. 그는 대선국면에서 Ahn의 적극적인 조력자로 역할을 다할 것이다.

그는 '시골의사'라는 애칭으로 칼럼과 저서와 방송을 통해 대중들에게 잘 알려져 있다. 외과의사이면서도 주식 전문가라는 독특한 이력과 방송에서의 촌철살인의 논평으로 수많은 마니아가 있다. TV 〈무릎팍도사〉에 출연하여 의사로서 진료하는 과정에서 가난 때문에 겪는 아픔을 말하면서 가난한 사람과 사회적 약자에 대한 따뜻한 시선을 보여주었다.

박원순 서울시장은 Ahn의 후보 양보와 지지로 당선되었다. 비록 당선 후 민주당에 입당했으며 선거 운동에 나설 수 없는 신분이기는 하나, 시민단체 활동가 출신으로서 자신이 주도했던 참여연대를 비롯한 시민단체에 대한 영향력을 고려할 때 시민단체가 Ahn의 원군이 되는 데 역할을 할 것이다.

Ahn과 방송을 통해 만난 방송인 김제동 씨는 적극적인 지지자로 알려져 있으며 Ahn이 대선에 출마할 경우 자신이 가지고 있는 대중성을 발휘하여 적극적인 활동에 나설 것으로 보인다. 마찬가지로 Ahn이 〈무릎팍도사〉 출연 시 진행자로 만난 방송인 강호동 씨는 Ahn에 대하여 존경하는 마음을 가지고 있는 것으로 알려져 있으며, 환경과 상황이 허락할 경우 일정 부분 지지 활동에 나설 수 있을 것이다.

조국 서울대학교 법대 교수는 지적이고 깔끔한 이미지로 젊은이들에 대한 영향력이 매우 크다. 교수로 있으면서 정치에 관여하는 '폴리패서'인 그의 발언과 트위터를 통한 이슈에 대한 언급은 파급력이 지대하다. 대선에서 Ahn의 당선을 위해 이슈를 만들고 언급하면서 적극적인 발언과 활동에 나설 것으로 보인다. 특히 Ahn과 같은 부산 출신으로서 부산 지역 득표력을 높이는데 상당한 도움이 될 수 있을 것이다.

이외수 소설가는 대한민국에서 팔로워가 가장 많은 파워 트위터리언이다. Ahn에 대한 호감을 가지고 있는 그는 대선국면에서 트위터를 통한 지지 의사 표명을 할 수 있을 것이다.

공지영 소설가는 베스트셀러 작가로서 사회성 짙은 문제작들을 집필하여 수많은 독자들을 확보하고 있으며 의식 있는 젊은이들로부터 환호를 받고 있다. Ahn 부부를 자신의 소설을 영화화한 〈도가니〉에 초청하여 함께 관람할 정도로 Ahn에 대한 호감을 가지고 있는 지지자이다. 종전 서울시장 선거에서 박원순 후보 캠프에서 멘토단의 일원으로 활동한 점 등으로 보아 대선에서 Ahn의 당선을 위해 적극적인 지지와 활동에 나설 것으로 보인다.

'안철수재단' 박영숙 이사장은 한국여성재단 이사장 등을 지내면서 한국 여성 운동의 대모로 꼽히는 인물로 여성계에 영향력을 발휘할 것이다. 친DJ 성향의 국회의원을 지낸 정치인 출신으로, 친DJ 성향의 지지를 끌어내는데 일정 정도 역할을 할 수 있을 것이다.

인터넷 포털 사이트인 '다음' 이재웅 창업자도 Ahn을 돕기로 했다고 한다. 이처럼 그동안 Ahn이 IT의 발전을 위하여 불이익을 감수하고 사회적인 발언을 많이 해왔기 때문에 IT 기업에 종사하는 많은 사람들이 지지할 것이다.

이들은 각자의 이미지와 나름대로의 마니아를 가지고 있으면서 영향력을 발휘할 수 있는 인물들이다. Ahn의 당선에 굉장한 도움이 될 것이다. 이밖에도 Ahn의 다양한 이력과 사회적 활동으로 다양한 분야의 수많은 사람들과 끈끈한 인간관계를 맺어왔다.

많은 사람들이 "Ahn이 정당 조직도 없이 어떻게 선거를 치르려고 하느냐?"고 반문할지 모르겠지만 Ahn은 용의주도한 사람이다. Ahn은 저서 《CEO 안철수, 영혼이 있는 승부》에서 바둑에서 배운 경영원리 중 한 가지를 소개한 적이 있는데 그 내용은 '요소를 차지하고 있어야 한다'는 것이다. 승부처인 급소를 차지하고 있어야 한다는 것인데, 수많은 마니아를 가지고 있는 지인들을 확보함으로써 정당 조직을 뛰어넘는 승부수를 띄울 것이다.

안철수에 대한 혹독한 검증은?

검증? 전혀 문제없다. 그동안 언론 등에서 Ahn과 Ahn이 창업한 안랩에 대하여 검증 정도가 아니라 '해부'를 했다.

1995년 안랩을 창업할 때부터 언론의 집중적인 주목을 받았고 그 이전에 의사이자 의대 교수로 지내면서도 1988년부터 컴퓨터 백신 프로그램을 만들어 무료 배포할 때부터 언론의 주목을 받았다.

그의 삶 전부가 오픈된 상태며 일거수일투족이 주목을 받아왔다. 군대 문제도 해군 군의관으로 제대하였으며, 재산 문제도 재단을 설립하여 사회에 환원하였다. 기업 경영을 할 때에도 정부로부터 투명경영 대상을 받았다.

그리고 Ahn은 그동안 수많은 정부 정책에 대한 비판적인 발언과 사회적 발언을 했다. 그가 떳떳하지 못하다면 자신의 기업이 있는 상황에서 그렇게 할 수 있겠는가?

그럼에도 불구하고 인터넷에서는 Ahn을 헐뜯는 코미디 같은 검증 내용을 올리고 있다. Ahn이 2000년 직원들에게 무상으로 배분한 주식 8만주가 적다고 폄하하고, 성공한 기업인을 판단하는 기준을 얼마나 큰 기업을 만들었느냐보다는 얼마나 좋은 기업을 만들었느냐로 보아야 함에도 불구하고, IT 소비강국인 대한민국에서 개인에게 백신 프로그램을 유료로 했으면 아마도 매출면에서 세계 최고 수준의 보안업체가 될 수 있었음을 간과하고 안랩의 보안업체로서의 기업 규모가 세계에서 20위 정도라고 폄하하고, Ahn의 아내 김미경 교수의 서울대학교 의대 교수 임용이 절차상이나 경력이나 전공이나 실력에서 아무런 문제가 없는 데도 임용 과정을 거론하는 등 코미디 같은 검증 내용을 제시하고 있다.

특히 정신분열적 사고를 가진 전직 국회의원은 꺼져가는 정치생명을 연명하기 위해 주목이라도 받기 위해서 말도 되지 않는 전환사채 문제를 거론하여 고발하는 등의 행위를 저질렀다. 결국 무혐의로 끝났고 자신의 정치생명도 끝났지만 말이다.

심지어 시중에는 벌써부터 별의별 헛소문과 마타도어가 난무하고 사실을 왜곡하기 시작한다. 정치인 출신과 달리 많은 국민들이 Ahn에 대한 이미지는 가지고 있어도 그동안의 상세한 이력을 잘 모르는 상황에서 혹세무민(惑世誣民)한다.

Ahn이 1999년 말 벤처거품을 경고하면서 언론에 인터뷰한 내용 중에서 '벤처기업 95% 망할 것'이라고 발언한 것을 두고 이 말의 전후 맥락을 거두절미하고 왜곡시켜 "안철수가 우리나라 벤처기업을 망하게 했다더라" 하고 말하고 다니는 사람을 보았다. 그 뒤 벤처기업 어떻게 되었는가? 각종 게이트로 얼룩지게 해서 우리나라 경제를 어렵게 만들지 않았는가?

그리고 2011년 10월 서울시장 후보를 당시 박원순 희망제작소 상임이사에게 양보한 것을 두고도 "박원순 상임이사가 안철수 원장의 결정적인 약점을 알고 이것을 가지고 협박을 하여 후보 양보를 받았다더라" 하고 헛소문을 퍼트리고 다니는 사람도 보았다. 참 어처구니없는 말이다. 박원순 시장과는 10여년 전부터 사회 공헌 활동을 통하여 의기투합한 동지 관계다.

또한 사실을 왜곡시킨 웃지 못할 헛소문은 Ahn이 〈무릎팍도사〉에 출연하여 고등학교 다닐 때 학교에 늦어 택시를 타게 되었는데 어머니가 택시를 탄 Ahn에게 "잘 다녀오세요"라고 말한 것을 소개했는데 이를 두고 어머니가 아들 Ahn에게 말을 높인 사실이 주된 내용임에도 왜곡시켜 "어머니가 매일 아침 택시를 태워 등교시켰다더라" 하고 말하는 사람을 보았다. 그는 일류대학을 나와 대기업 임원까지 지냈는데도 말이다.

이밖에도 이 책에 쓰기에 민망할 정도로 "강남 룸살롱에서 안철수 원장을 봤다더라" 하면서 있을 수 없는 말을 만들어 어쩌면 조직적으로 퍼트리는 소행을 저지르는 것 같기도 하다. Ahn은 1997년 미국 유학에서의 과로로 급성간염을 앓아 치료를 한 후 일체 술을 마시지 않는데도 말이다.

어떤 정치인은 '안철수 현상'이 뜨자 "털어서 먼지 안 나는 사람 없으니 제대로 뒷조사를 해보자"는 발언까지 했다. Ahn의 말마따나 이렇게 허약하고 모략적 사고에 익숙한 사람들에게 나라를 맡겼다니 실로 황당하다. 한국 정치의 치욕이요 국민들에 대한 배신이다.

기존 정치권은 조직과 축적된 정보를 가지고 Ahn에 대해 협공하고 검증하려 하겠지만, 검증을 위한 검증을 한다면 엄청난 민심의 역풍을 맞아 관심과 지지율을 더욱 끌어올리게 될 것이다. 정당이나 후보들이 Ahn을 흠집 내기 위한 목적으로 검증의 잣대를 들이댄다면 국민들은 기성 정치 행태에 대한 혐오를 느끼고 역풍 정도가 아니라 폭발성을 보일 것이다.

기성 정치권은 왜 '안철수 현상'이 일어났는지를 면밀히 파악하고 반성하여 국민들에게 겸손한 자세로 다가가지 않으면 거대한 쓰나미의 물결에 휩쓸려 떠내려갈지 모른다. Ahn을 흠집 내기보다는 자신의 콘텐츠를 키우고 정정당당한 정책 대결을 보여주어야 할 것이다.

안철수의 대선 행보

그는 매사에 신중한 스타일이다. 돌다리도 두드려보고 건너는 스타일이 아니라 돌다리도 두드려보고 때로는 건너지 않는 스타일이다. 승산이 없는 일이라고 생각하면 아예 시작하거나 덤벼들지 않는 스타일이다. Ahn의 출마는 나름대로 최선을 다하면 당선될 수 있다는 판단이 섰다고 봐야 한다.

그는 겸손하지만 자신에 대하여 "저는 도중에 그만둔 경우가 없어요. 의학도 교수까지 했고, 컴퓨터 프로그램도 세계 최초로 백신 프로그램 만든 사람 가운데 한 명이었고, CEO로서도 창업해서 발전시키고 상장시켰어요. 그러니까 도중에 그만 둔 것은 하나도 없어요"라고 말할 정도로 자부심과 자긍심이 대단하다.

그는 매 번 새로운 길을 걸을 때는 과거의 성공에 연연하지 않고 끝장을 보는 스타일이다. 의사 가운을 벗어던졌고, CEO 자리를 그만두고 이사회 의장으로만 있을 뿐 다시 돌아가지 않았다. 최선을 다하면서 자신이 결단을 내린 분야에서 성공하였다.

그는 최근 저서 《안철수의 생각》에서 "도전은 힘이 들 뿐, 두려운 일 이 아니다"라고 했다. 그는 결심이 서면 어떠한 경우라도 결코 물러서지 않는 사람이다. 그의 결단의 원칙 중에서 '앞으로도 지속적으로 열정을 갖고 할 수 있는 일인지'가 있는데 그의 대선 출마는 국가 발전과 국민에 대한 봉사하는 자세로 정치권에서 최선을 다할 것이다. 그는 정치권에서 끊임없는 노력으로 정치 발전과 사회 구조를 바람직한 방향으로 개선시켜 나갈 것이다.

그는 한 번 도전한 것에 대해서는 그가 가진 모든 것을 던지고, 걸고 최선을 다하는 스타일이다. 이번 대선에서 '영혼이 있는 승부'를 펼쳐 대한민국 정치사에 기록될 선거혁명과 정치혁명을 이룩하고자 할 것이다.

5

대통령 안철수
어떤 리더십을 보여줄 것인가?

안철수의
리더십 코드

Ahn은 현실에 안주하지 않는 도전정신, 투명한 기업경영, 몸을 사리지 않는 혁신정신, 시대를 보는 통찰력으로 '차세대 리더'로 늘 거론되어 왔다. 다양한 경험과 여러 학문을 섭렵하여 체계적인 이론과 콘텐츠를 가지고 있다. '벤처의 전설'이며 '한국을 빛낸 파워 브레인'으로 글로벌 시대에 적합한 인물이다.

Ahn은 흔히 말하는 '권위주의형 리더'가 아니라 '외유내강형 리더'이다. '권위주의 카리스마'가 아니라 '부드러운 카리스마'를 발휘한다. 우리 사회의 리더십에 대한 변화 열망이 '안철수 현상'을 낳았다. 이는 정치권에 개혁과 혁신을 할 수 있는 정치 리더십이 요구된다는 것을 방증하는 것이다.

정치적인 리더십은 권위나 말에서 나오는 것이 아니라 국민들의 신뢰와 지지에서 나오는 것이다. 피터 드러커가 리더십의 본질은 일·책임감·신뢰라고 말했듯이 Ahn은 일·책임감·신뢰의 덕목에서 타의 추종을 불허한다.

국민들이 바라는 대통령상은 권위적이고 권모술수적인 사람이 아니다. 정치판은 원래 아수라장이고 진흙탕 싸움을 벌이는 곳이니까 이에 걸맞고 이런 판에서 견디고 즐길 수 있는 사람이 적합하다고 생각한다면 큰 오산이다. 국민들의 변화 욕구와 시대정신에 부합하는 대통령상이 요구되고 있다.

Ahn은 참신한 미래지향적인 인물이다. 기존 정치권의 '낡음'이 아니라 미래지향적인 '새로움'을 보여 줄 것이며 권위주의 리더십이 아니라 겸손한 자세로 섬김 리더십을 보여줄 것이라는 기대를 주고 있다. 그는 현실 적응력과 학습능력이 탁월하다. 대통령에 당선된다면 국민의 요구와 시대에 걸 맞는 대통령이 될 것이다.

그는 대통령으로서 '스마트 리더십'을 발휘할 것이다. 이는 하버드 케네디 행정대학원장을 역임한 조세프 나이 박사가 주장한 '하드 파워'와 '소프트 파워'를 균형 있게 갖추고 이를 활용하는 리더십이다. (註 : 조세프 나이, 《파워 리더십》중에서 인용)

하드 파워란 정치력, 군사력과 같은 물리적 힘을 배경으로 한 파워를 말하는데 그는 당연히 대통령으로서 이를 바탕으로 대통령의 권한과 의무, 책임을 감당할 것이다.

소프트 파워란 비전, 커뮤니케이션, 동기유발과 같은 소프트 스킬을 바탕으로 사람의 마음을 움직이는 힘을 말하는데 그의 이력이 말하듯이 그가 가지고 있는 이와 같은 자질을 바탕으로 국민을 감동시키는 리더십을 발휘할 것이다.

Ahn이 대통령이 된다면 어떤 리더십을 보여줄 것인가? 그의 삶의 궤적과 저서와 그의 발언을 통해 본 '안철수 리더십 코드'는 무엇일까?

헌신獻身

Ahn은 '헌신'이라는 단어가 뇌리에 박혀있는 사람이다. 그의 삶을 관통하고 있는 공익에 대한 헌신이 대중에게 신선하게 다가온 것이다. 자랄 때부터 부모님으로부터 귀가 따갑도록 헌신에 대한 말을 들었고 부모의 솔선수범하는 헌신의 자세와 모습을 보고 체득했다. 이런 마음가짐으로 그는 사회를 살아가는 한 일원으로서 일방적으로 혜택을 받기보다는 자신이 할 수 있는 일을 해서 받은 일부라도 돌려주고 싶었다.

서울대학교 의대 재학 시절 본과 2학년부터 졸업 때까지 3년동안 토요일이면 구로동에서 의료봉사 활동을 했다. 방학 때면 무의촌을 찾아가서 가난하고 병든 사람들, 삶의 무게에 짓눌려 얼굴에 짙은 그늘을 드리우고 사는 사람들에게 손을 내밀고 의술을 베풀었다. 그는 진료소에 올 수조차 없을 만큼 운신이 힘든 환자들을 찾아서 그들의 집으로 왕진을 갔다. 돌아오는 골목길에서 남몰래 눈물을 훔쳐야 했다.

그는 의대를 졸업할 때가 되자 직접 환자를 돌보는 의사가 될 것인지, 연구직을 택할 것인지를 놓고 깊은 고민에 빠졌다. 결국 연구직을 택하여 인체에 대한 근본적인 연구를 다루는 생리학을 전공했다. 그가 환자를 보는 의사 대신 연구직을 선택한 것은, 환자 한 사람 한 사람을 도와주는 것도 의미 있는 일이지만, 인체에 대한 근본적인 연구를 통해서 병의 원인을 밝히는 데 기여할 수 있다면 보다 많은 사람들에게 도움이 될 것이라는 생각 때문이었다.

돈을 벌기 위해서가 아니라 헌신한다는 자세로 의사를 그만두고 컴퓨터 바이러스 백신 벤처기업인 안랩을 창업하여 백신프로그램을 개인에게 무료 배포해오고 있으며, 지식과 시간을 기부하여 젊은 이들과 대화하고, 자신의 주식 지분 일부를 전 직원들에게 무상으로 나눠주고, 자신의 주식 절반으로 '안철수재단'을 만들어 가난하고 소외된 이웃을 돕는 사회 공헌 활동은 그가 지닌 사회에 대한 헌신성에 기인한 것으로 많은 국민들을 가슴 뭉클하게 하고 있는 것이다.

그동안의 그의 삶의 행적이나 저서 등을 통한 삶의 철학을 볼 때 그가 대통령이 되려고 하는 것은 보다 큰 차원에서 국가에 대한 헌신과 봉사를 하려는 차원이다.

대통령이라는 자리는 권력을 휘두르는 자리가 아니라 국민과 국가에게 헌신 봉사하는 자리다. 대통령은 자신이 왜 이 자리에 앉아 있는지를 끊임없이 물으면서 국정을 수행해야 한다. 대통령직 수행은 '헌신'이라는 사명감이 밑바탕이 되어야 한다.

Ahn은 '대통령'이라는 자리가 국가와 사회 발전과 국민들의 삶의 질을 높이는데 헌신하는 자리임을 인식하고 최선을 다할 것이다.

Ahn 생각

- 성공한 사람은 사회가 그 사람에게 기회를 준 것이다. 사회적 성공이 혼자서 이룬 것이 아니다. 성공을 100% 개인화해서는 안 된다. 개인적인 성공만 추구하는 사람이 우리 사회에 도움이 되는가를 심각하게 생각해봐야 한다. 내가 왜 이 일을 하는지에 대한 사명감이 중요하다. 능력 있는 사람이 사회에 베풀어야 한다. 다른 사람들에게 받은 만큼 나도 역할을 해야겠다는 생각을 가졌다.

신뢰 信賴

Ahn은 말과 행동이 일치하는 사람이다. 기존 정치인들이 거짓말을 일삼고 언행일치가 결핍한 상황에서 Ahn은 언행일치하여 한번 뱉은 말은 꼭 지키는 사람이다. 많은 국민들이 그의 진실함과 진정성을 높이 평가하면서 신뢰를 보내고 있다.

Ahn이 어떤 사람과 약속을 지키는 문제에 대하여 대화를 나눈 적이 있었는데 Ahn이 "나는 한번 한 약속은 반드시 지킨다"고 말하자 그 사람이 "말도 안 돼요. 소소한 것은 몇 번 어겼을 것 아니에요?"라고 되물었다. 그러자 Ahn은 주저하지 않고 "그런 적이 없는데요. 지키지 못할 약속은 처음부터 하지 않으니까요"라고 대답했다고 그의 저서에 쓰여 있다.

당나라 태종은 "군주는 배이고 백성은 물이다. 물은 배를 띄울 수 있지만 파도를 일으켜 뒤집어 버릴 수도 있다"고 했다. 군주는 백성의 신뢰를 얻지 못하면 나라를 다스리는 기반이 지탱될 수 없으며 무너지고 만다는 것이다. 그러므로 군주에게 있어서 신뢰라는 것은 생명과도 같은 것이다.

세종은 고려왕조가 망한 원인은 이성계가 위화도에서 회군했기 때문이 아니라, 고려왕조가 백성들의 마음을 얻지 못했기 때문에 스스로 무너진 것이라 보았다. 그는 신하들과 백성의 신뢰를 얻지 못하면 누리고 있는 왕위도 사상누각이라는 사실을 잘 알고 있었다.

한 국가가 안정하게 존속하려면, 충분한 군사력(足兵), 충분한 먹을거리(足食), 그리고 백성의 신임과 마음(民信)을 모두 얻어야 한다고 보았다. 만약 부득이하게 이들 중 하나를 버려야 한다면 먼저 군사를 버려야 하고, 다음은 먹는 것을 버리라고 했다.

그러나 마지막까지 버리지 말아야 할 것은 백성의 신임과 마음임을 강조했다. 세종은 백성들과의 마음의 화합이 더 본질적이요 더 우선한다고 보았던 것이다.

국민과 대통령과의 관계는 상호 존중과 신뢰가 바탕이 되어야 한

다. 신뢰는 대통령과 국민을 함께 묶어주는 감성적인 접착제다. 신뢰감은 국정수행에 있어서 매우 중요하다. 신뢰감이 통치행위를 정당하게 해주는 원동력이다. 신뢰의 축적이야말로 국민들이 대통령다움을 측정하는 기준이 된다, 대통령은 방향의 명료성뿐만 아니라 일관성으로 신뢰의 화신이 되어야 한다.

신뢰감에서 카리스마가 분출된다. 카리스마는 지지와 수용을 촉진시키는 대인적 매력의 한 형태이다. 즉 신뢰감이 바탕이 된 카리스마가 있는 사람에 대하여 매력을 느끼고 그 사람이 말하거나 주장하는 것에 대하여 지지하고 받아들이는 것이다. 따라서 국민들은 고도의 카리스마를 지닌 대통령을 원한다.

카리스마를 지닌 대통령은 국민들에게 믿음을 주고 국가와 국민을 위하겠다는 신념을 가지고 열정적으로 일한다. 카리스마를 지녔다고 해서 독선과 아집을 부려서는 안 된다. 카리스마와 권위주의는 다르다. 진정한 카리스마는 사과해야할 때 진정한 마음으로 사과하는 것이 카리스마를 유지하는 비결이다.

Ahn은 국정수행 과정에서 잘못을 저질렀을 경우에 '유감'이라는 수사적인 표현이 아니라 국민들에게 겸손하고 진정어린 마음으로 사과할 것이다. 일반 국민들도 상대방에게 "미안합니다" 하고 말하는 것은 쉬운 일이 아니다. 특히 대통령이 자신의 잘못을 인정하고 국민들에게 사과하는 것은 더욱 힘든 일이다. 하지만 용기를 가지고 열린 마음으로 국민들에게 진심으로 사과하면서 국민들의 마음을 풀어줄 것이다.

미래정치학자 프랜시스 후쿠야마는 "한 사회의 경쟁력은 결국 신뢰가 결정한다"고 말했다. 우리는 지금 서로를 믿지 못하는 불신의 사회에서 살고 있다. 이제 낮은 신뢰 사회에서 높은 신뢰 사회로 나아가야 한다. 평범한 사람들의 인간관계에 있어서도 상호 신뢰가 전제되어야 하는데 하물며 대통령과 국민과의 관계에 있어서는 두말할 나위가 없다.

Ahn은 대통령과 국민 사이의 신뢰를 근간으로 리더십을 발휘할 것이다. 대통령이 국민들로부터 신뢰감을 얻으려면 진정성을 가지고 국가를 위해 봉사하겠다는 자세가 선행되어야 한다. Ahn은 일관성 있는 원칙을 가지고 국민과의 약속을 지킬 것이다. 성실한 자세로 솔선수범하는 자세를 보일 것이다.

Ahn 생각

● 리더에게 필요한 요소 중에서 가장 중요한 것은 신뢰라고 생각한다. 리더십은 사람과 사람의 관계 문제이기 때문에 신뢰만 형성되면 리더십의 절반은 채워진다고 본다.

개인의 희생이 따르더라도 조직 전체를 위하는 마음가짐과 원칙, 일관성, 신뢰는 리더로서 갖추어야 하는 필수 불가결한 요소라고 할 수 있다.

소통 疏通

Ahn은 다양한 경험과 독서를 통한 식견과 포용력으로 소통 능력을 길러왔다. 수많은 대중 강연과 〈청춘콘서트〉나 〈무릎팍도사〉 〈힐링캠프〉 출연을 통하여 탁월한 소통 능력을 발휘하였다.

기존 정치권의 사자후를 토하는 웅변조의 연설이 아니라, 논리적이고 적절한 비유, 감성적 언어, 유머를 융합한 대화식 언어 구사로 소통의 달인이라는 평가를 받고 있다. 말에 진실성과 진정성을 담으면서 정곡을 찌르는 촌철살인의 언어는 소통 능력을 넘은 공감 능력을 보여주고 있다.

저서와 강연을 통하여 수많은 이슈를 제기해왔으며 자신의 생각과 철학을 피력했다. 그는 자신이 필요하다고 느끼거나 중요한 말은 자신이 직접 하는 스타일이다.

특히 그는 경청 능력이 탁월하다. 자신의 이야기를 하기 보다는 상대방이나 말하는 것을 경청한다. 그는 CEO로 있을 때 직원들이 언제라도 자신을 찾아올 수 있도록 문을 항상 열어두었고, 나중에는 문을 없애고 아예 열린 공간으로 만들었다. 그는 직원들이 하는 말을 끝까지 경청했다.

그는 40대로는 처음으로 포스코 이사회 의장을 맡아 대부분 60~70대인 다른 이사들과 함께 토론하고 합의를 이끌어 내는 과정에서 값진 경험을 했다. 〈청춘콘서트〉에서는 20~30대와 교감을 뛰어 넘어 공감했다.

영국 수상이었던 마거릿 대처는 말을 통해 성공적으로 국민들의 마음을 변화시킨 인물이다. 쉰세 살의 영국 하원의원이었던 마거릿 대처는 1979년 "영국은 길을 잃었습니다"라는 간단하면서도 강력한 슬로건을 내걸고 보수당 당수로 출마하여 당선되었고, 총리가 된 후 "나는 이 나라를 구할 수 있는 사람이 나 외에 아무도 없다는 것을 잘 알고 있습니다"라는 연설로 수상으로서의 사명감과 헌신을 한마디로 정의했다.

당시 '영국병'이라고 불릴 정도의 만성적인 노조 파업에 대해 "노동은 고장 중(Labour isn't working)"이라는 유명한 말을 하면서 원칙을 내세운 정책으로 영국병을 치유했다. 이처럼 대처는 단순하면서도 강력한 이야기와 그 이야기에 일치하는 삶의 궤적을 통해 영국인들의 마음을 바꾸어 놓았다.

링컨은 언어가 가진 소통의 힘을 알았다. 그 상징은 1863년 11월 남북전쟁에서 5만 명의 사상자가 난 펜실베이니아 주 게티즈버그 연설이다. 272개의 짧은 단어로 구성된 불후의 명연설은 참담한 전투의 희생자를 추모하면서 "이 나라는 새로운 자유를 탄생시켜야 한다. 국민의, 국민에 의한, 국민을 위한(of the people, by the people, for the people) 정부를 수호해야 한다"라는 말로 인권 평등과 민주주의 이념을 명쾌하게 농축했다.

링컨은 유머의 대중 교감 효과를 터득하여 다양한 유머를 구사했다. 대통령의 이런 낙관적인 태도는 국민들에게 긍정적 에너지로 작용하여 남북전쟁이라는 국난을 극복하게 했다.

링컨의 불과 2분짜리 게티즈버그 연설은 단순한 연설이 아니었다. 그것은 평생 고난을 통해 고양되고 위대해진 훌륭한 정신에서 나온 신성한 표현이었다. 마음 깊숙한 곳에서 솟아나온 산문시였으며, 위엄 있는 아름다움 그 자체였고, 심오한 서사시의 낭랑한 울림이었다. 링컨의 위대함은 국가위기에서 언어와 의지로 나라를 통합하고 바꾼 것이다.

마틴 루터 킹 목사도 "나에겐 꿈이 있습니다(I have a dream)!"라는 유명한 연설로 사람들의 마음을 움직였다.

인도의 간디는 더 이상 단순해질 수 없을 만큼 단순한 언어적 메시지인 "비폭력으로 맞서라!"로 국민들의 마음을 변화시키고 그것을 물결처럼 일으켜 사회운동으로 발전시켰다.

대통령은 국민들과의 의사소통에 있어서 중요한 것은 말을 어떻게 하느냐이다. 즉 대통령은 국민들의 마음에 와 닿는 연설을 할 수 있어야 한다. 이것은 단지 말을 유창하게 하는 것과는 다르다. 말의 진실성과 진정성을 가지고 실행과 실천을 통해 입증해야 국민들은 감동할 것이다. 국민들의 마음을 사로잡기 위해서는 무엇보다도 진실해야 한다. 언행일치를 해야 대통령의 권위도 극대화되는 것이다.

연설은 단순하고 이해하기 쉬우며 감정적으로 깊은 공감을 이끌어낼 수 있어야 한다. 때로는 국민들의 이성이 아니라 감성에 호소할 수 있어야 한다. 국민들은 논리보다는 감성을 자극할 때 더한 감동을 받는다. 대통령에게 있어서 가장 중요한 일은 국민의 마음을 얻는 일이다.

대통령은 국민들의 생각과 태도와 느낌 등에 많은 영향을 미치고 때로는 국민들의 마음을 바꾸게 한다. 대통령은 국민들의 마음을 얻기 위해 단어 하나까지 신중하게 골라 써야 한다.

다양한 경험과 풍부한 독서, 식견을 가지고 있는 Ahn은 2005년 안랩 CEO를 물러나면서 행한 연설과 2011년 11월 자신의 주식 기부를 안랩 임직원에게 알리는 이메일에서 마음을 움직이는 감동적인 문장력을 보여주었으며 '안철수 어록'이 있을 정도로 언어 구사력이 탁월하다.

Ahn은 새로운 관점을 내놓고 국민들의 가치관을 변화시킬 것이다. 비전을 정립하고 국민의 상상력과 열망을 자극할 것이다.

로버트 케네디가 일본 와세다대학교를 방문하여 강연했을 때의 일이다. 당시는 반미 감정이 매우 높아 학생들은 케네디에게 심한 욕설을 퍼부으며 "양키 고 홈!"을 외쳤다. 하지만 케네디는 그런 학생들의 모습에 당황하지 않고 잠시 생각에 잠기더니 학생들을 향해 "내가 아는 노래가 하나 있는데 한 곡 부르겠으니 양해해 달라"고 말했다.

그의 예상치 못한 행동에 당황한 쪽은 오히려 학생들이었다. 케네디의 낮지만 진중하게 부르는 노래 한 소절이 흘러나오자 갑자기 분위기가 숙연해지고 야유를 퍼붓던 학생들은 어느새 하나 둘 그의 노래를 따라 부르기 시작했고, 강당은 이내 하나의 목소리로 부르는 노랫소리로 크게 울려 퍼졌다.

케네디가 부른 것은 바로 와세다대학교 교가였다. 와세다대학교 학생들을 위해 준비한 노래는 그의 백 마디 연설보다도 강했고, 학생들의 가슴에 공감을 일으킨 것이다.

커뮤니케이션의 본질은 설득이 아니라 공감에 있다. 공감은 마음과 마음이 서로 통한 상태이다. 공감이 있어야 마음에서 동조가 우러나는 것이다. 공감대를 높이려면 상대방의 심정과 감정을 진심으로 이해하고, 필요를 파악하는 능력, 즉 '마음의 시력'을 가지고 진실한 마음으로 대해야 한다. 그래야 거기에서 친근감을 느끼면서 동조가 일어나는 것이다.

Ahn은 〈청춘콘서트〉에서 때로는 참석자들과 공감하면서 함께 눈물을 흘렸듯이 국민들을 설득이 아니라 공감하게 만들 것이다.

우리 역사에 있어서 세종은 임금으로서 의사소통에 앞장선 인물이다. 임금으로서의 세종의 생활은 백성들의 목소리를 듣기에 힘썼으며 신하들의 말을 경청하고 판단하고 선택하는 일의 연속이었다. 그는 신하들이 직언을 해도 분노하지 않았으며 끈기 있게 경청했다.

대통령은 각계각층의 목소리를 경청해야 한다. 대통령은 열린 마음으로 끊임없이 국민과 공직자의 말을 들어야 한다. 특히 국민의 대표인 여당과 야당의 의견을 들어야 한다.

'총명(聰明)하다'는 말에서 총은 '귀 밝은 총' 자이다. 즉 똑똑하고 현명하다는 것은 자신의 말과 의견을 내세우기 전에, 남의 얘기를 잘 들을 줄 알아야 한다는 것을 의미한다. 의사소통은 일방적이 아니라 쌍방향이어야 한다.

소통이 되려면 먼저 사안에 대한 인식과 관점이 공유되어야 한다. 그러려면 자신의 생각과 다른, 때로는 반대되는 생각을 들어야 폭넓은 정치와 국민과 공감하는 정치를 펼칠 수 있다. 이와 달리 자신의 생각을 고집하고 듣지 않는다면 아무리 똑똑한 대통령이라도 편협한 정치를 펼칠 수밖에 없어 국민들의 지지를 이끌어낼 수 없다.

Ahn은 다양한 경험과 지식, 식견과 탁월한 학습 능력을 가지고 있어 다양한 분야의 문화와 언어를 이해하면서 해당 분야에 종사하는 사람들과 소통할 것이다. 또한 어느 진영에서 싸우던 사람이 아니기 때문에 어느 쪽과도 소통하고 합의를 이끌어낼 것이다.

Ahn 생각

● 커뮤니케이션은 인간관계의 모든 것이다. 커뮤니케이션 능력이란 말을 잘하거나 자신의 의견을 정확하게 전달하는 능력만을 뜻하지는 않는다. 상대방의 이야기를 경청하고 그 의도를 정확하게 파악하는 능력이야말로 커뮤니케이션 능력의 절반 이상을 차지한다.

● 상대방의 의견을 존중하지 않고 나만의 시각이나 그릇의 크기로만 판단하는 것도 커뮤니케이션 능력 부족에 한몫을 담당한다.

● 커뮤니케이션 능력의 절반 이상은 듣기 능력이다. 그 사람의 입장에 서서 그 사람이 하는 말에 대해서 정확하게 이해를 해야 되고 혹시나 그 사람이 한 말을 제대로 이해하고 있는지 다시 나름대로 해석해서 물어보는 과정이 중요하다. 듣지 않고 말 잘하는 것보다 말을 못하더라도 잘 듣는 것이 중요하다.

정직 正直

Ahn이 안랩의 CEO로 있을 당시에 직원이 편법으로 절세 방안을 제안했지만 그는 "원칙대로 해야지요, 많이 벌어서 번만큼 세금 많이 냅시다" 하면서 일언지하에 거절했다.

그는 사업을 시작한 이유에 대해 "왜곡된 시장 구조로 척박한 환경이었지만 한국에서 정직하게 사업을 하더라도 자리를 잡을 수 있다는 것을 증명하고자 노력했다. 투명경영, 윤리경영이 장기적으로 더 큰 힘이 되는 사례를 만들어보고 싶었다"고 말했다.

Ahn이 창업한 안랩은 한국에서 드물게 부정부패와 연루돼 비난을 받아본 적이 없고, 무리한 방식으로 사업을 확장하지도 않았으며, 경쟁사를 비난하며 '제 살 깎아먹기'식 경쟁을 벌이지도 않은 채 꾸준히 성장해 온 기업이다.

Ahn은 권위 있는 기관에서 선정한 '우리 시대 신뢰 받는 리더-경영인 1위'를 차지했으며 안랩은 '한국윤리경영대상 투명경영 부문 대상'을 수상하였다.

그는 CEO로 있을 때 도덕적으로 용납할 수 없는 일을 저지른 임직원에 대해서는 과감한 용단을 내렸다. 문제를 일으킨 직원을 사직시키기도 했으며, 창업 멤버를 인사 조치하기도 했다. 그는 항상 온화한 모습으로 배려를 베풀지만 원칙과 도덕에 위배되고 조직에 나쁜 영향을 끼치는 사람에 대하여는 냉정한 조치를 과감하게 내렸다.

그는 이러한 자세로 비자금, 부정부패, 정경유착을 근절시킬 것이다.

1884년 미국 대통령 선거전이 한창일 때의 일이다. 민주당 클리브랜드 후보에게 10살 난 사생아가 있다는 소문이 나자 당황한 선거 참모들은 소문을 강력하게 부인하라고 권고했다. '깨끗한 정치'를 선거 공약으로 내건 그에게 이런 스캔들은 치명적인 타격을 줄 것이 틀림없었기 때문이다.

그러나 클리브랜드 후보는 소문을 시인하면서 진실을 밝혔다. 지난날 어떤 과부와의 사이에 아이가 태어났으며 아이의 양육비를 지금까지 부담해왔다는 사실을 숨김없이 고백했다. 공화당은 이를 호재로 삼아 공격에 나섰다. 그에 대한 각종 소문들을 확대재생산하면서 그런 후보가 어떻게 대통령이 될 수 있는가 하고 맹렬한 공격을 퍼부었다.

그러나 선거 결과는 클리브랜드의 당선이었다. 그는 미국 22대 대통령으로 취임했으며 연임하지 않고 24대 대통령에 당선되어 두 번이나 대통령이 되었다.

정직은 모든 인간들에게 요구되는 덕목이지만, 특히 국가를 통솔하는 대통령에게는 더욱 중요한 덕목이다. 대통령에게 있어서의 정직은 말과 행위의 일치이며, 국민을 기만하지 않는 것을 의미한다.

늑대와 양치기 소년에 관한 이솝 우화가 있다. 대통령은 국민들과, 공직자들과 중요한 관계를 맺고 있다. 대통령이 만약 거짓말하는 양치기 소년 같다면 그런 대통령은 국가를 이끌어가는 데 실패할 뿐만 아니라 국민들에게 엄청난 피해를 주게 될 것이다. 그런 대통령이 국가를 이끌어간다면 이것은 국가적 불행이다

만약 정략적으로 잠깐이기는 하지만 거짓말하는 양치기 소년과 같은 역할을 해야만 한다고 생각하거나, 험난하고 복잡다단한 국가경영을 위해서는 속임수도 필요하다고 생각하는 대통령이 있다면, 그는 모래 위에 집을 짓고 있는 것이다. 그는 집을 빨리 지을 수 있을지는 모르지만 오래 남는 집을 짓지는 못할 것이다. 그러기에 대통령은 국민들이 믿고 따를 수 있도록 항상 정직해야 한다.

우리 국민들은 다시금 대통령 주변 사람들이 부정부패에 연루되어 사법처리 되고, 대통령이 퇴임 후 불행해지는 모습을 보고 싶지 않다. 측근들이 부정부패에 따른 구설수에 올랐을 때 미리 방어막을 칠 것이 아니라 더욱 엄격하게 수사하도록 지시를 내려야 한다.

대통령이 정직하지 못하고 말을 번복해서는 안 된다. 부정부패 척결을 말로만 외치고 여전히 힘 있는 자들은 뇌물과 부정에 얼룩진 사건을 저지르고, 사회적 이슈가 되면 야단법석을 떠는 척 하다가 흐지부지되게 해서도 안 된다. 이렇게 하면 대통령은 권위를 가질 수도 없고 계획된 일을 추진하는데 차질을 빚을 수밖에 없다. 정직하지 않으면 정책을 추진할 동력은 상실된다.

Ahn은 '정직과 청렴이 최상의 정책'임을 명심하고 본인 자신뿐만 아니라 친척과 친지 측근 관리를 할 것이다.

Ahn 생각

● 내 개인적인 가치관 중에서 가장 중요하게 여기는 것은 정직과 성실 그리고 끊임없이 공부하는 자세, 이렇게 세 가지이다.

● 요즘 세상에 정직을 내세우다가는 융통성이 없다거나 앞뒤가 꽉꽉 막혔다는 비난 아닌 비난을 받기 십상이다. 하지만 나는 항간의 이런 평가에 개의치 않는다.

● 나는 누가 묻기 전에는 투명경영이라는 말을 꺼내지 않는다. 이것은 '착한 사람이 복을 받는다'고 생각한다고 해서 그것을 항상 떠들고 다니지 않는 것과 같다. 너무나 당연하고 상식적인 명제이기 때문에 의식을 하지 않는 것이다.

포용력包容力

Ahn은 자라면서 책을 많이 읽었는데 특히 소설에 등장하는 많은 인물들을 통해서 세상에는 저마다 다른 성격을 가진 사람들의 다양한 삶이 있다는 것을 간접적으로나마 이해하게 되었다. 이러한 이해는 사회생활을 하면서 '나는 옳고 너는 틀리다'는 일방적인 단정을 경계하게 되었고, 상대방 입장이 되어서 생각하는 자세를 가지게 해주었다.

서로의 다름을 인정하면서 때로는 각자가 가지고 있는 상식조차도 다를 수 있음을 인정한다. 그는 지금 이 시대에 중요한 것은 소통과 합의라고 하면서 보수와 진보는 상호 대립적인 것이 아니라 국가 발전을 위해 상호 보완적인 것이라고 주장한다.

미국에서 가장 위대한 대통령으로 추앙 받는 링컨의 리더십은 포용과 관용으로 요약된다. 링컨은 대통령에 당선된 후 '포용력이 진정한 권력을 만든다'는 것을 인식하고 정치적인 라이벌들을 내각에 임명했다. 공화당 대선후보 경쟁 과정에서 격렬하게 싸웠던 세 명의 거물 정적을 국무장관, 재무장관, 법무장관 등 핵심 포스트에 임명하고 반대당인 민주당 출신 세 명을 해군장관, 우정장관, 전쟁장관에 낙점함으로써 세상을 놀라게 했다.

장관에 임명된 이들은 초등학교 졸업에 연방하원의원 경력이 고작인 링컨보다 더 많은 교육을 받았고 공직 경력도 더 풍부했다. 그들은 처음에 링컨을 우습게 여겼다. 하지만 링컨은 인내심을 가지고 그들을 상호견제와 균형으로 통솔하면서 재능을 결집해 최고의 능력을 발휘하게 만들었다.

국무장관인 슈어드는 3개월 뒤 "용기와 실천력을 가졌다"고 링컨을 재평가했다. 그들은 링컨의 능력과 인품에 매료되어 그를 진심으로 존경하게 되었다. "존경받는 사람이 되는 게 유일한 야망"이라고 말한 링컨은 겸손한 자세로 포용력을 발휘하여 라이벌의 마음을 사로잡아 경계심과 적대감을 풀게 하고 충성을 이끌어냈다. 그랬기에 링컨은 반대파들로부터 미움과 질투가 아니라 감탄과 존경을 받았다. 이것은 링컨의 그릇이 우리들이 목도하는 여느 정치인과는 비교가 안 될 만큼 컸다는 사실을 증명한다.

링컨의 포용력은 그와 대립했던 남부의 적대 세력에게까지 일관되게 적용됨으로써 더욱 빛났다. 그는 "어느 누구에게도 원한을 품지 말고 정의의 이름으로 나라의 상처를 꿰매자"고 하면서 관용과 통합을 전쟁 후 시대정신으로 제시했다. 그는 남부가 노예제를 포기하지 못하는 이유를 마음속 깊이 이해했으며, 전쟁이 끝난 뒤에도 빠른 복구를 위해 남부의 지도자들을 용서했다. 그리고 의회의 반대를 무릅쓰고 남부가 다시 일어날 수 있도록 관용적이고 미래 지향적인 정책을 펼쳤다.

Ahn은 사회 각 계층과 다양한 이해 집단의 다양한 이해관계와 갈등을 포용하고 조정하면서 합의를 이끌어내어 건강한 사회와 국가를 만들어갈 것이다. 특히 각 정당에 정치력을 발휘하여 포용하고 이념 갈등을 수용하여 승화시켜나갈 것이다.

Ahn 생각

● 상대방의 의견을 존중하지 않고 자신의 시각이나 그릇의 크기로만 판단하는 것은 문제이다. 다양성을 인정하면서 자신의 판단이 틀릴 수도 있다는 생각을 해야 한다. 한 사람이 살아오면서 축적한 경험, 지식, 사색의 깊이와 폭은 한계가 있게 마련이며 사람마다 다를 수밖에 없고, 상식조차도 서로 간에 차이가 있을 수 있다는 것을 인정해야 한다. 내가 상식이라 생각했던 것이 상대방에게는 상식으로 받아들여지지 않을 수도 있다는 유연한 사고방식을 가져야 한다.

책임감責任感

Ahn이 안랩 CEO로 있을 때인 1999년의 일이었다. 안랩이 시장에 배포한 일부 백신 제품 중에 실수로 바이러스가 들어간 것이 발견되자, 언론에 뉴스거리가 되었다. 이 사태에 담당자는 매우 곤혹스러워했다.

그는 그런 상황에서 모든 책임을 자신이 져야한다고 생각하고 사실대로 설명한 글을 고객에게 메일로 발송하고 홈페이지에 별도로 창을 만들어 게시했다. 결과적으로 사태는 빠르게 수습되었고 다시는 그런 일이 발생하지 않도록 더욱 조심하게 되었다고 한다.

영화감상을 무척 좋아하는 Ahn은 영화 〈스파이더맨〉 대사인 '힘이 강하면 책임도 무거워진다 (With great power comes great responsibility)'를 인용하면서 리더의 책임감을 강조한다.

"스파이더맨이 스스로 원해 힘을 갖게 된 건 아니지만 그렇더라도 그만한 힘이 생겼으면 그에 따르는 책임을 져야죠. 저도 스스로 원한 건 아니지만 열심히 살다 보니 사람들이 자꾸 쳐다보고 알아보는 분이 많아졌습니다. 그래서 사회적인 책임감을 느낍니다. 편하게 할 수 있는 안랩 CEO의 길을 벗어나 업계의 구조적인 모순을 해결해야겠다는 생각을 하게 된 것도 이런 책임감이 작용했기 때문이죠."

Ahn은 나름대로 사람을 판단하는 기준을 가지고 있다고 하는데 그 가운데 중요하다고 생각하는 기준 중의 하나는 '절반의 책임을 믿는 사람인가?' 하는 것이라고 한다. '절반의 책임을 믿는 사람'은 어떤 경우에도 책임의 절반은 자신에게 있다고 생각하고 내게 고칠 점은 없는지를 먼저 고민하고 노력하는 사람으로서 이런 사람이 다음에 같은 실수를 반복하지 않는다는 것이다.

1945년 4월 루스벨트 대통령의 타개 후 부통령이었던 트루먼이 대통령직을 물려받게 되었다. 그는 세계사에 커다란 족적을 남겼다. UN이라는 세계 최고 국제기구의 창설 주역이었고, 냉전 시대 서방 진영의 방향을 정하는 트루먼 독트린을 탄생시켰다. 당시 국무장관인 마셜로 하여금 '마셜 플랜'을 수립하도록 했으며, 서방 세계를 수호하기 위한 NATO(북대서양조약기구)를 창설했다. 한국의 6·25 휴전 협상에 참여하기도 했다.

그는 세련된 지도자는 아니었지만 국민을 감동시킬 줄 아는 대통령이었다. 트루먼 대통령은 백악관 집무실 책상에 늘 '모든 책임은 내가 진다'는 문구가 적힌 쪽지를 놓아두었다. 그는 자신이 결정한 문제에 대해 책임지는 자세를 가지고 대통령직을 수행했다.

러시아 속담에 '성공은 아버지가 많지만 실패는 고아다'는 말이 있다. 보통 사람들은 성공은 자기의 공으로, 실패는 타인에게 돌리는 것이 일반적이다. 하지만 국가 최고지도자로서 모범을 보여야 할 대통령은 책임질 때는 자기 몫 이상을 지고, 공을 세웠을 때는 자기 몫 이상을 공직자나 국민들에게 돌려야 한다. 그렇게 하면 국민들과 공직자의 마음을 살 수 있다. '책임은 나에게'라는 정신이 가장 큰 권한을 가지고 있는 대통령에게 가장 큰 책임이 있다는 진리에 걸 맞는 것이다.

"책임감이 있는 이는 역사의 주인이요, 책임감이 없는 이는 역사의 객이다"라는 도산 안창호 선생의 말을 대통령은 가슴속에 깊이 새겨야 한다. 국민들로부터 신뢰를 받기 위해서는 소명의식에서 비롯된 책임감이 있어야 한다. 국정혼선, 부정부패, 인사난맥이 일어나는 것도 소명의식 부재에 따른 책임감 결여에서 비롯된 것이다.

국정을 운영하다 보면 잘되는 경우도 있고 잘못되는 경우도 있다. 잘못되는 경우에는 그 원인이 분명히 있을 것이다. 최종 의사결정권자인 대통령의 판단 미스로 그런 결과가 빚어진 경우도 있고 여건이나 상황이 그런 결과를 초래했을 수도 있다.

Ahn은 책임을 져야할 상황이 발생했을 때에는 나서서 책임지는 자세를 보일 것이다.

Ahn 생각

● 높은 자리에 있는 사람들이 그 자리에 맞는 대접만 받으려고 하고 막상 문제가 생겼을 때 그 해결은 아랫사람에게 맡기는 것은 비겁한 태도라고 생각한다.

● 책임져야 할 상황이 발생했을 때에는 일단 리더부터 나서서 그 책임을 져야 한다고 생각한다. 지금까지는 내가 짊어져야 할 책임에서 도망가지 않으려고 노력했으며, 앞으로도 절대 도망가지 않을 것이다.

● 책임감이 강해 스스로를 들볶는 타입이다. 어느 위치에 있든 그 위치에 주어지는 혜택에 탐닉하기보다 책임감을 강하게 느낀다.

신독慎獨

Ahn은 대위로 군의관으로 복무하면서 부하에게 반말을 하지 않았으며 CEO로 있으면서 임직원 어느 누구에게도 존댓말을 썼고 아내에게도 존댓말을 쓰고 있다. 이처럼 남에게는 관대하면서도 자신에게는 엄격한 생활을 하고 있다.

자만은 실패의 지름길이라고 생각해서 끊임없이 스스로를 경계하는 스타일인데 이때 가장 좋은 방법은 늘 공부하는 자세를 잃지 않는다고 한다. 공부를 하면 할수록 많은 사람들이 얼마나 열심히 살고 있는지, 또 자신이 얼마나 부족한지를 뼈저리게 알 수 있었다고 한다.

Ahn의 어머니는 자식에게 세 가지 삶의 원칙을 잘 지키라고 당부했다고 한다.

첫째, 사람은 어떤 환경에서도 항상 자신에게 주어진 일에 최선을 다하며 살아야 한다. 어떤 일을 하는 것이 중요한 것이 아니라 그 일을 얼마나 열심히 하느냐가 중요하다.

둘째, 깨어 있는 모든 시간에 나 자신 보다 남을 먼저 생각하고 배려해라.

셋째, 자기 자랑을 하지 말고 남이 해 주는 칭찬에 우쭐하지 말아야 한다.

Ahn은 커서도 항상 어머니의 이 세 가지 가르침을 기억하고 특히 유명세를 타고 교만한 마음이 들 때는 세 번째 남의 칭찬에 우쭐하지 말아야 한다는 어머니의 말씀을 되새기며 겸손한 마음을 가지려고 했다고 한다.

율곡 이이와 퇴계 이황은 한결같이 '홀로 있을 때조차 신중하라'는 '신독(愼獨)'을 강조했다.

정약용도 목민심서에서 "벼슬살이에서 가장 중요한 점은 두려워할 외(畏)이다. 의(義)를 두려워하며 백성을 두려워하여 마음에 언제나 두려움을 간직하면, 혹시라도 방자하게 되지는 않을 것이니, 이로써 허물을 적게 할 수 있을 것이다"라고 했다.

인간은 누구나 유혹에 현혹당하기 쉽다. 역대 대한민국 대통령 중에는 재임 시절 부정부패를 저질러 퇴임 후 사법처리 되어 감옥에 가거나 불행한 상황을 맞이했다. 이처럼 자기 수양에 철저하지 못하고 외부의 유혹을 다스리지 않으면 무서운 결과를 낳는 것이다.

Ahn은 자기 자신을 가장 경계하면서 어떤 유혹도 떨쳐낼 것이다. 스스로 경계하면서 가장 외롭고 힘겨운 상태를 유지하면서 국정을 수행할 것이다.

그는 국민을 두려워하고, 역사를 두려워하면서 미리 삼가고 조심할 것이다. 국민들은 두려움을 모르는 대통령이 아니라 두려워할 줄 아는 대통령을 존경한다.

당 태종은《정관정요》에서 '사람은 거울에 자신의 모습을 비추어보아야 의관을 제대로 바로 잡을 수 있다. 또 역사를 거울로 삼으면 시대의 흐름과 국가의 흥망성쇠를 알 수 있으며, 사람을 거울로 삼으면 그 사람을 모범으로 하여 선악을 판단할 수가 있다. 나는 항상 이 세 개의 거울로 나의 잘못을 고쳐왔다. 이제 위징을 잃으니 마침내 하나의 거울을 잃어버린 셈이다.'

당 태종이 '정관의 치'를 이뤄 실용주의에 입각한 태평성대를 이룰 수 있었던 것은 그 당시 노여움을 두려워하지 않고 간언할 수 있는 충신 위징이 있었기 때문이다. 하지만 이렇게 할 수 있었던 것은 당 태종이 직언을 할 수 있는 분위기를 마련해주었고 지적한 허물을 받아들이는 도량을 지닌 덕택이다.

리더는 비판 받기 마련이다. 건설적인 비판을 받아들이지 않는 대통령은 칭찬 받기도 어려운 법이다. 비판이 두렵거나 싫으면 대통령 자리에 오를 생각을 말아야 한다. 대통령은 비판에 익숙해야 한다. 대통령에게는 필연적으로 비판이 따르게 마련이므로 비판 내용을 분석하여 건설적인 비판은 받아들여 국정에 반영해야 한다.

대통령에게 내부적으로 직언해 주는 시스템을 만드는 것이 국가발전을 위해 중요하다. 사심이 아닌 국가를 위한 건설적인 비판을 할 수 있는 시스템은 국가 발전을 위해 꼭 필요한 자산이다. 그런 시스템이 없다면 매우 심각한 위기를 맞이할 수도 있다.

하지만 만약에 이 행동주의자가 궤변으로 무장한 묘한 논리를 내세우면서 소신을 가장한 독선이나 아집을 내세우고 있는 것은 아닌지 경계하고 조심해야 한다. 이런 사람의 논리를 받아들이면 국민들이 고통을 겪게 된다.

Ahn은 관료사회에 창조와 혁신의 분위기를 조성하고 바람을 불어넣을 것이다. 아부하는 자가 아니라 당당하게 반대적인 소신을 말하는 행동주의자를 끌어안을 것이다.

대통령이 경계해야 할 것은 매너리즘이다. 대통령이 매너리즘에 빠지면 관료 사회에 매너리즘이 만연할 수밖에 없다. 매너리즘에 빠지지 않도록 늘 경계해야 한다.

어떤 국정과제에 대하여 고집과 애착을 버리고 객관적인 시각에서 바라보아야 한다. 의사결정에 있어서 감각적인 판단을 경계해야 한다. 자신에 대한 칭찬을 경계해야 한다. 그 환호는 언제 비난으로 바뀔지 모른다.

Ahn은 칭찬과 비난을 너무 의식하지 않고 국정에 최선을 다해 결실을 맺으려 할 것이다. 국익을 위한 제안과 사실에 근거한 비판에 대해서는 겸허하게 받아들일 것이다. 최선을 다하면서 그에 대한 평가는 국민과 역사에 맡긴다는 각오로 임할 것이다.

Ahn 생각

● 이름이 조금씩 알려지기 시작했지만 나는 남들의 부러움이나 칭찬을 받을 때마다 스스로 으쓱해지려는 마음의 싹을 싹둑 잘라버린다. 조금 재주가 있다고 해서 교만해져서는 안 되겠다는 생각을 하게 했다.

● 자신에게는 엄하고 다른 사람에게는 관대하라. 물론 말처럼 쉬운 일이 결코 아니다. 사실 자신에게는 관대하고 다른 사람들에게는 엄하기 쉬운 것이 인지상정 아니겠는가? 그렇지만 어떻게 보면 그런 태도야말로 많은 사람을 발전 없이 제자리에 머무르게 하는 이유가 아닐까 생각한다.

● 나는 다른 사람과 비교하는 것에 큰 의미를 두지 않는다. 진정한 비교의 대상은 외부에 있는 것이 아니라 '어제의 나'와 '오늘의 나' 사이에 있는 것이라고 생각한다.

솔선수범 率先垂範

Ahn은 매사에 진정성을 가지고 말과 행동이 일치하면서 솔선수범해 오고 있다. 청교도적인 자세로 청렴하고 검소한 생활을 했으며, 가정교육에 있어서도 공부하라는 말보다는 평소에 책 읽는 모습을 보였고, CEO로 있으면서 점심값 지불하는 것조차도 공과 사를 구별했고. 투명경영으로 모범 사례를 만들었으며, 자신의 재산 1,500억 원을 사회에 환원하여 사회 기부 문화를 확산시키는데 솔선수범했다.

세종이 1418년 즉위한 뒤 무려 7년간 극심한 가뭄이 계속됐다. 기아로 인한 백성들의 고통은 이루 헤아릴 수 없었다. 세종 3년 구휼 사업의 일환으로 광화문 네거리에 큰 가마솥이 걸렸다. 세종이 임금의 양식인 내탕미를 꺼내 죽을 쑤라고 명령했기 때문이었다.

어느 날 현장에 나갔던 세종은 피골이 상접한 몰골로 죽을 먹는 백성들을 보고 눈물을 흘렸다. 궁궐에 돌아온 뒤 경회루 옆에 초가집을 짓되 궁궐 안의 낡은 재목을 사용하라고 지시했다. 세종은 초가집에서 2년4개월 동안 먹고 자며 정무를 살폈다. 백성들과 고통을 함께하겠다는 의지의 표현이었다.

신하들과 왕비는 건강을 해칠 것을 우려하여 정전에서 집무할 것을 애원했지만 세종은 "백성들이 굶어 죽어나가는데 임금이 어찌 기와집 구들장을 지고 편한 잠을 잘 수가 있더냐. 나는 나가지 않을 것이니라"며 거절했다.

현대사회의 대통령은 세종처럼 행동할 수는 없으며 할 필요는 없다. 하지만 행동이나 실천 없이 구호만 내세우면 국민들은 대통령의 진정성을 받아들이지 않는다. 미사여구로 만들어진 구호만 남발해서는 안 된다. 좋은 말만 따다가 헛구호만 만들지 말고 언행일치로 솔선수범할 때 국민들은 감동한다.

대한민국 국민은 감동하여 신이 나면 모든 것을 쏟아 부어 최선을 다하는 국민이다. 이런 신명을 바탕으로 산업화와 민주화를 완성시켰다. 국민들을 신명나게 하려면 대통령이 신뢰감을 주어 존경받을 수 있어야 하고 국민의 마음을 얻어야 한다.

정약용은 "부하를 단속하려면 먼저 자기 행실을 올바르게 가져야 한다. 자신이 올바르게 행동하면 엄명을 내리지 않아도 지시대로 들을 것이요. 자신이 부정한 행동을 하면 아무리 엄명을 내려도 듣지 않을 것이다"라고 했듯이 대통령이 솔선수범해야 측근들도 그에 맞게 행동할 것이다.

대통령이 솔선수범을 보여야 신뢰를 쌓을 수 있다. 대통령은 국가의 거울이다. 일반 국민들이나 공직자의 행동양식, 심지어 사고방식까지도 대통령이 하는 행동을 기준으로 삼는다. 어느 정도로 헌신적이고 얼마나 노력해야 하는지, 얼마만큼 정직해야 하는지 등을 대통령의 모습에 비춰 결정한다.

대통령의 행동은 이처럼 큰 영향을 끼치는 것으로 솔선수범해야 한다. 공직자들은 대통령이 솔선수범하면 충성심으로 보답한다. 국가가 어려울 때 대통령이 국민들 앞장에 서서 모범을 보이면 국민들은 고통을 감내하며 분발한다. 때로는 국가에 위급상황이 왔을 때 죽음을 무릅쓰고 나아간다.

Ahn은 솔선수범하면서 국가와 사회를 발전시키고 국민의 삶의 질을 향상시키기 위해 최선의 노력을 다하는 모습을 보일 것이다.

Ahn 생각

● 리더십은 말이 아니라 행동에서 나온다. 많은 사람들 한국의 리더십 문화에서 가장 취약한 부분이 솔선수범이라고 지적하는데, 나도 여기에 동의한다. 주변을 보면 잘못된 마인드를 가진 사람 밑에는 그 비슷한 사람들이 몰리고, 올곧은 정신을 가진 사람 밑에는 또 그 비슷한 사람들이 몰리는 것을 발견할 수 있다.

변화變化

Ahn은 변화에 적응하며 변화를 추구하는 사람이다. 그는 의사에서 벤처기업 CEO, 대학교수를 거치면서 스스로 변화를 추구했으며 그 변화에 적응하기 위해 최선을 다했다. 자신이 창업한 안랩 CEO로서 경영을 잘하기 위해 공학과 경영학을 전공했으며 급변하는 기업 환경에도 불구하고 안랩의 핵심가치를 지키면서 통합보안업체로 변신하면서 회사의 발전을 이루었다.

그는 스스로 새로움에 적응해 왔다고 자부한다. 그는 CEO가 된 다음에 자신이 꼭 해야 할 일이고 남이 도저히 해 줄 수 없는 일이라면 최대한 빨리 그것에 적응하려고 노력했다. 이처럼 새로움에 적극적으로 적응하려는 태도는 눈앞에 닥친 문제 해결에 많은 도움이 되었다고 한다.

Ahn의 변화에 대한 열정의 에피소드다. 그는 2000년 안랩이 컴퓨터백신회사에서 통합보안기업으로 도약을 위해 CI도 바꿨으며 기업의 '변신' 이미지를 살리기 위해 제작한 광고 포스터에 그는 뾰족하게 세운 머리에 알록달록 무지개 색으로 염색을 한 사진을 실었다.

포스터에는 '안철수가 변했다'는 카피와 하단에 '새롭게 변화된 모습으로 인사드린다. 지금까지 이뤘던 것보다 앞으로 해야 할 일이 더 많다는 것을 알기에 새로운 각오로 다시 출발하려 한다'는 글귀를 새기고 각오를 밝혔다.

세상에서 변하지 않는 것은 '변하지 않는 것은 없다'는 말뿐이라는 이야기가 있듯이 세상에서 살아남기 위해서는 끊임없이 변화하지 않으면 안 된다. 개인이나 조직도 마찬가지지만 국가도 변화하지 않으면 퇴보하고 죽어갈 수밖에 없는 것이다.

개혁이나 변화에는 고통이 따르기 마련이다. 개혁하고 혁신하는데 있어서는 욕먹을 각오를 해야 한다. 개혁이라는 것이 그렇게 어렵다. 사람은 원래 자기 방어와 자기 합리화에 능해서 스스로 변화하지 않으려고 한다. 변화에 대해서 본능적으로 불안과 공포를 느끼게 마련이다. 또한 변화해야 하는 이유를 머리로는 이해한 다음에도 마음으로 받아들이기까지는 시간을 필요로 한다. 내부의 저항, 이익단체의 각종 로비로 인하여 개혁과 혁신에 제동이 걸리는 것이다.

변화에 따른 개혁은 장기간에 걸쳐 꾸준히 시행되어야 한다. 세상은 계속 변하고 있으므로 개혁에는 끝이 없다. 개혁을 해야 할 때는 근본적인 개혁을 단행해야 한다. 고통을 감내하면서 정면으로 문제를 해결해야지 일시적으로 반짝하는 미봉책을 시행해서는 안 된다.

세상은 급변하고 있다. 변화는 변수가 아니라 상수로 모든 사물과 상황이 계속 변화하고 있다. 이에 대하여 어떻게 대처하는가는 대단히 중요하며 국가 발전과 심지어 생존과도 관련이 있다.

변화는 구호가 아니라 실천이다. 대통령은 급변하는 상황에 능동적으로 대처할 수 있도록 그 동안 성공적으로 수행되고 있던 전략이나 관리 체계라 할지라도 창조와 개혁의 방향으로 선회할 수 있는 사고의 유연성을 발휘해야 할 때도 있다.

대통령은 정치 경제 외교 안보 문화 등 국정을 총괄적으로 수행해야 한다. 그런데 이것은 동시다발적으로 영속적으로 수행해야 한다. 이러한 여러 사안에 대하여 의사결정을 한 번 하면 끝나는 것이 아니다.

Ahn은 국내외에서 일어나는 변화의 양상을 면밀히 살피고 선제적으로 대처해 나갈 것이다. 끊임없이 변화하는 상황과 정세에 따라 수시로 최적의 판단을 하면서 바꾸어 나갈 것이다.

Ahn 생각

- 변화하지 않는 개인이나 조직은 꺼져가는 생명체처럼 퇴보하고 죽어갈 수 밖에 없는 것이다.

- 미래에 대한 변화를 명확하게 읽도록 패러다임의 변화를 정확하게 읽어야 한다. 그러려면 현재의 영역에서 최선을 다하고 최대한 고민하는 한편 넓은 시야를 갖는 것이 최선이다. 그러한 노력과 고민이 이어질 때 다음 단계가 자연스럽게 눈에 들어오게 된다.

- 전략적 사고는 급변하는 상황 변화를 염두에 두고 어떠한 선택을 하는 것이 최선인지를 생각하고 찾아가는 사고방식이다. 실무자 수준에서는 맡은 일에 대해 자기중심적으로 계획을 세우고 일을 처리한다면, 리더는 주위의 상황 변화에 따라 능동적으로 대응하면서 최적의 대안을 만들어나가는 사고방식을 가져야 한다는 의미이다.

창의성 創意性

Ahn은 의사, 프로그래머, 벤처기업가, 교수를 거치면서 끊임없이 창의성을 발휘하였다. 또한 의학 공학 경영학을 공부하여 통섭하였기에 창조와 혁신에 대한 마인드를 가지고 끊임없이 실천에 옮기고 있다.

그는 2011년 서울시장 출마설이 나돌 무렵에 서울시를 예로 생활과 관련된 창의성의 필요를 제기하면서 다음과 같이 말했다.

"도로 표지들이 무원칙하다. 직진하다가 갑자기 좌회전이 생기고 이런 것들이 통일이 안 되어 있다. 교통 막히는 것에 대해 어떻게 해야 할지 관심도 없다. 주차난도 굉장히 심각하다. 그런 걸 해결할 방법 중 하나가 노상 주차장에 센서를 설치할 수 있다. 이것을 공공 데

이터로 만들면 서울시에서는 스마트폰 앱이나 컴퓨터 프로그램으로 어디에 자리가 비는지 시민에게 정보를 제공해 줄 수 있다. 에너지 문제, 공해 문제를 해결할 수 있다.

정부가 데이터를 공개해야 한다. 선진국은 다 공개한다. 그러면 데이터를 시민들이 가공해서 좋은 정보를 만들어 창업한다. 국가 보안과 상관없는 데이터를 적극적으로 알리면 일자리가 생긴다. 정치인들은 그런 아이디어가 없다. 평생 자기만의 전문 분야를 갖지 않으면 그런 아이디어를 갖기 쉽지 않다."

국가경영을 하는데 있어서 가장 치열한 경쟁을 벌이고 있는 기업에서 창조와 혁신 사례를 배워야 한다. 대통령이 스티브 잡스처럼 발명가가 되라는 것은 아니지만 이런 창조적인 마인드를 가지고 국가를 경영하라는 것이다.

'경제에 디자인과 창의성을 도입한 인물' '세상에서 가장 창의적인 경영자'

전 세계 언론과 경영학자들이 애플 컴퓨터의 창업자이자 전 CEO인 고 스티브 잡스에게 헌상한 수식어다. 22세 때인 1977년 세계 최초의 개인용 컴퓨터 '애플', 최초의 3D 디지털 애니메이션 '토이 스토리', MP3플레이어 '아이팟'과 온라인 음악 서비스 '아이튠스', 스마트폰인 '아이폰'. 그가 창안한 제품과 서비스는 세상을 뒤흔들었다.

그는 단순히 제품을 만들어 파는 사업가가 아니었다. 기성체제에 얽매이지 않고, 이루고자 하는 꿈에 매달리는 잡스의 집중력과 추진력은 기업경영에 고스란히 반영됐다. 그는 창의성과 상상력을 강조하면서 임직원들에게 끊임없이 '주문'을 걸었다. "다르게 생각하라", "미칠 정도로 멋진 제품을 창조하라", "단순한 제품을 넘어 시대를 상징하는 '아이콘(icon:우상)'을 만들자", "즐기면서 일하자"는 화두를 던지면서 직원들을 사로잡았다.

그는 '창조경영'으로 세계인의 생활양식과 문화 자체를 바꾼 디지털 혁명가였다. 다가올 시대에 대한 확고한 비전과 상상력, 비전을 설득하고 실현해내는 창조적 리더십이 그를 이 시대 가장 위대한 경영자로 만들었다.

피터 드러커의 말처럼 우리는 '단절의 시대'에 살고 있다. 이것은 과거의 방식이 계속적으로 통하지 않는다는 말이다. 이런 시대에 국가발전을 이루기 위해서는 끊임없는 개혁과 혁신이 필요하다. 그럼에도 국민들이나 공직자들은 평소 개혁을 부르짖다가 막상 자신에게 불리하게 개혁 상황이 오면 이에 저항한다.

세계는 빠른 속도로 변화하고 있으며 예측불허이다. 현대사회에서는 고도의 지식정보가 넘실거린다. 이런 상황과 물결이 국가경영을 더욱 어렵게 만들고 있다.

창의력과 혁신은 기업의 전유물이 아니다. 한 번 정해 놓으면 쉽사리 바뀌지 않는 관료사회가 가장 창의력과 혁신이 요구되는 곳이다.

Ahn은 창조와 혁신의 시대 흐름에 적응하고 추진력 있게 대처해 가는 역량을 발휘할 것이다. 시대상황에 부응할 수 있는 창의력과 혁신을 통해 국민들이 보다 편하게 살 수 있는 실용주의 정신을 발휘할 것이다.

대통령은 주어진 일을 처리하는 관리자가 아니다. 끊임없이 새로운 방법, 새로운 시도를 통해 관료사회에 창의와 혁신의 바람을 불어넣어 그 바람이 전 국민들에게 퍼지도록 독려해야 한다. 그래야 국가발전을 위한 아이디어가 끊임없이 창출된다.

창의력은 통찰력을 가지고 독창적인 문제해결 방법을 찾는 능력이다. 기존에 존재하지 않았던 방법을 제시할 뿐만 아니라 기존에 존재하는 것도 전혀 새로운 시각에서 볼 수 있게 함으로써 기존의 것을 활용하고 발전시킬 수 있는 능력이기도 하다.

복잡다단한 국정수행 과정에서 대통령이 창의력을 발휘하여 새로운 것의 발견과 제시를 하기는 쉽지 않을 것이다. 그렇기 때문에 상황을 꿰뚫어 보는 통찰력을 발휘해야 한다. 창의와 혁신의 개혁적인 대통령은 자신의 눈에 익숙하게 들어오는 것들을 새로운 눈으로 바라본다. 공직자들이 창조적인 아이디어를 내놓을 수 있는 분위기와 상황을 앞장서서 만든다.

상황 판단한다고 시간 끌고 탁상공론하면서 내놓는 정책이 새로울 것도 없는 예상된 내용이나 재탕 삼탕한 정책을 내놓는다. 관료사회는 변화를 꺼리고 변화하지 않으려고 한다.

Ahn은 관료사회에 일대 창조와 혁신의 바람을 불러 일으킬 것이다. 끊임없이 공직자들에게 "발상의 전환이 아니라 때로는 발상을 파괴하라. 단순한 정책이 아니라 국민을 감동시키는 정책을 창조하라"고 말할 것이다.

합리적인 현실주의자이자 실용주의자인 Ahn은 어떻게 국가의 부를 창출할 것인가를 예측하고 실행하는 창조적이고 실용적인 리더십을 발휘할 것이다. 장기적인 관점에서 국가적 어젠다를 정하여 국가를 경영하고 기업을 독려하고 지원해 나설 것이다. 국민들의 복지 향상에 나설 것이다. 관료사회에 스티브 잡스와 같은 창조와 혁신의 바람을 집어넣을 것이다.

Ahn 생각

● 진정한 전문성을 갖추기 위해서는 새로운 가치와 아이디어를 창출해 내고 다른 사람이 보기 힘든 측면까지 볼 줄 아는 안목을 가지고 새로운 영역을 개척할 수 있는 능력을 갖추는 것이 진정한 전문가이다.

● 창의력 있는 인재가 대우 받도록 인센티브 시스템을 바꿔야 한다. 창의력 있는 인재도 실수할 수 있고 실패도 한다. 이런 실수와 실패를 관용해야 한다.

● 창의력은 여러 번 시행착오를 겪으면서 생긴다. 실패의 경험이 쌓이면서 창의적인 아이디어가 나오는 것이지 어느 날 갑자기 점프하는 게 아니다.

비전 Vision

Ahn은 의학박사로서 의대 교수라는 안정되고 보장된 직업을 그만두고 그 당시 생소하면서도 어느 누구도 미래가 보장되지 않는다고 생각했던 컴퓨터 바이러스 백신 회사를 설립했다. 물론 사회에 대한 공헌 등의 이유도 있었겠으나 그는 어느 누구도 예측하거나 볼 수 없었던 비전을 가지고 도전한 것이었다. 단기적인 관점이 아니라 장기적인 관점에서 판단한 것이었다.

지금은 글로벌 시대다. 대통령은 국내의 정치에 머무를 것이 아니라 국제적인 감각을 가지고 있어야 한다. Ahn은 자신이 창업하고 경영한 안랩이 글로벌 기업으로 성장하여 국제적인 감각을 가지고 있으며, 미국에서의 유학을 통해 완벽한 영어 구사와 대학에서의 학문으로 시시각각 변하는 국제적인 변화를 감지하고 해석하면서 미래의 비전을 제시하여 왔다.

'비전'이 말로만 이루어질 수 있는 것이 아니다. Ahn의 비전은 오랜 기간 동안의 다양한 경험과 지식에서 우러나온 지혜와 직관으로 체득된 것이다.

미국의 존 F. 케네디는 대통령 자리에 고작 1000일밖에 머물지 못하고 암살당했다. 하지만 그는 미국 역사상 손꼽히는 대통령의 반열에 올랐다. 어떻게 그렇게 되었을까? 미국 국민들에게 꿈과 희망을 제시하면서 강력한 비전을 제시했기 때문이다.

당시 미국은 1950년대 물질적 행복을 구가하는 동안 권태와 무관심, 불안이 팽배하여 목적의식을 상실한 상태였다. 방심하거나 그대로 두면 1920년대의 참담한 공황의 전철을 밟을 판이었다. 거기에다 미국과 소련을 중심으로 냉전의 절정기였다. 케네디의 고민은 깊어갔다. 그는 자신이 행한 대통령 후보 지명 수락 연설에서 건국 당시 '개척자 정신'을 다시 일깨웠다.

"지난날 선구자들은 새로운 세상을 이룩하기 위해 자신들의 안전과 안락과 때로는 목숨까지 내던졌습니다. 그분들은 회의에 사로잡혀 있지 않았습니다. 그분들의 신조는 '저마다 자기 자신을 위해서'가 아니라 '모두가 공동 목적을 위해서'였습니다. 오늘 우리는 뉴프런티어의 가장자리에 서 있습니다. 뉴프런티어는 첩첩이 도전을 요하는 난관입니다. 공공의 이익이냐 아니면 개인의 안락이냐, 국가의 웅비냐 아니면 쇠락이냐 그 사이에서 선택해야 합니다."

이어서 그는 대통령에 당선되어 행한 취임 연설에서의 '뉴프런티어' 정신을 다시 강조했다. "나라가 국민을 위해 무엇을 해줄 수 있는지 묻지 말고, 국민이 나라를 위해 무엇을 할 수 있는지 물으십시오."

대통령 취임 이후 그는 국가적 위기 상황을 겪으며 시험대에 올랐다. 쿠바의 미시일 배치에 따른 소련과의 대항에서 당시 소련 수상인 흐루시초프를 위압하고 소련과 '핵실험 금지 조약'을 성사시켰다. 특히 달 착륙 계획인 '아폴로 프로젝트'를 수립하여 우주 개발 주도권을 잡은 것은 미래를 내다본 비전 제시였다.

비전은 내다보이는 장래의 밝은 전망이나 이상, 꿈을 말한다. 비전은 미래에 대한 통찰력과 장기 목표를 갖는 것이며 장기적 이익을 위해 당장의 손해를 감수할 수 있는 용기를 가지고 실천해 나가는 끈기를 포괄하는 개념이다. 비전은 아직 보이지 않는 것을 미리 보고 이를 향해 힘을 한 군데로 결집시켜 나가는 것이다.

'비전 없는 민족은 망한다'는 말이 있다. 비전 없는 민족은 급변하는 세계정세와 무한 경쟁 속에서 뒤처지거나 도태될 수밖에 없다.

대통령은 국민을 위해 무엇을 해야 하고, 무엇을 할 수 있는지에 대하여 분명하고 정확한 비전을 가지고 있어야 한다. 국민과 더불어 특히 장관을 비롯한 공직자들에게 비전을 명확히 제시하고 공유하는 능력을 가지고 있어야 한다. 비전과 방향을 분명하게 제시하고 국민의 관심을 집중시킬 수 있어야 한다.

비전은 국민들이 공감하는 시대정신이어야 한다. 대통령이 제시해야 할 비전은 거창한 구호가 아니다. 국가가 가야할 방향이 어디인지, 국가와 국민이 해야 할 일이 무엇인지, 공직자와 일반 국민들이 어떻게 행동해야 하는지에 대한 강력한 메시지를 담고 있어야 한다. 중요한 국정 과제를 제기하고 큰 가치를 추구하며 묵은 갈등을 해결하는 행동을 해야 한다.

Ahn은 국가 미래를 위한 원대한 비전을 제시하면서 국민들을 통합하여 한 방향으로 나갈 수 있는 리더십을 발휘할 것이다. 국정을 수행하는 데 있어서는 무엇보다 단기적인 시각이 아니라 장기적인 시각으로 볼 것이다. 눈앞에 보이는 인기에 연연하기 보다는 장기적인 관점에서 판단하고 차근차근 실행해 나가는 것이 국가 발전의 기본으로 삼을 것이다.

Ahn 생각

● 나는 바둑을 두는데 장고 스타일이다. 바둑을 두면서 부분적인 이익보다 전체 국면을 보는 태도를 배웠다.

● 어떤 사안을 바라볼 때 단기적인 이익이나 승부에 집착하는 것이 아니라 장기적인 시각으로 본다. 눈앞의 순간적인 이익에 연연하기 보다는 장기적인 관점에서 판단하고 차근차근 일을 진척시켜 나가는 것이 참된 성공의 길이라고 본다. 성공의 본질 자체가 단기적인 것이 아니기 때문이다.

● 나는 100미터 달리기 기록이 15초로 별로 잘 뛰지 못한다. 하지만 장거리 달리기는 거리가 멀수록 더 잘하고 1등을 한 경우도 많다. 이를 악물고 오래 참는 데는 소질이 있는 것 같다.

최선最善

Ahn은 운전면허를 딸 때 필기시험에 만점을 받기 위해 열심히 공부할 정도로 매사에 최선을 다하는 사람이다.

그는 힘들게 공부해야 하는 의과대학 생활을 하면서 동시에 컴퓨터 바이러스를 퇴치하는 백신 프로그램을 개발하고 컴퓨터 관련 잡지에 글을 기고할 수 있었던 것은 어떤 문제에 부딪히면 미리 남보다 시간을 두세 곱절 더 투자를 할 각오를 하고 스스로를 채찍질했기 때문이라고 한다.

의과대학 생활을 하는 중에는 도저히 다른 일을 할 짬을 낼 수가 없었음에도 그는 새벽 3시에 일어나서 컴퓨터 일을 하는 방법을 택했다. 모두 잠이 든 깜깜한 새벽 3시면 일어나서 모포와 인스턴트커

피로 한기를 쫓으며 새벽 6시까지 집중력을 발휘하면서 백신 프로그램을 만들었다. 이는 그를 매 순간을 열심히 그리고 열정적으로 살아가도록 만들었다. 이처럼 치열하게 살았던 의과대학 시절의 삶의 태도가 그의 핏속에 흐르고 있고 삶을 살아가는 데도 중요한 역할을 하고 있다는 것이다.

그가 자신 있어 하는 부분은 집중력이다. 천둥이 쳐도 안 들린다는 말이 사실일 정도로 그는 집중을 하면 무아지경에 빠지는 스타일이다. 어릴 때 책을 볼 때도 그랬고 대학에서 공부할 때도 그랬는데, 어떤 경우는 겨우 몇 분 동안 책을 봤다고 생각했다가 3~4시간이 지닌 것을 알고 스스로 놀라기도 했다.

의대 시절 외울 것이 많은 과목의 경우는 각 항목을 논리적으로 분류해서 재구성한 다음, 집중적으로 외웠다. 굉장히 효과가 있었고 그래서 공부할 양이 많은 과목일수록 성적이 좋게 나오는 기현상이 벌어지기도 했다.

이와 같은 논리적인 집중력은 국가전략을 수립하고 복잡다단한 정치를 논리적으로 접근할 수 있는 역량이다.

그는 매순간을 열심히 최선을 다하는 사람이다. 지금 내가 하고 있는 일이 나중에 어떻게 쓰일 것인지가 중요한 것이 아니라, 지금 내가 맡은 일을 어떠한 태도로 하고 있는지가 더 중요하다. 그러한 마음가짐으로 열정을 다하다보니 그가 안랩 CEO로 있을 때 주말에 가족들과 책을 보는 것, 동네 우동집 같은 곳에 가서 저녁을 먹는 일, 가족이 둘러앉아 DVD로 영화를 한 편 보는 것, 잠자는 것. 이 네 가지가 그가 기다리고, 그가 할 수 있는 최선의 휴식이었다.

그는 저서에서 "우리는 살아가면서 많은 어려움을 겪는다. 어려움에 닥쳐올 때마다 쉽게 포기하기보다는 바로 지금이, 내 한계를 시험하는 순간이라는 마음으로 노력하는 자세가 중요하다. 쉽게 포기해버린다면 바로 거기가 자신의 인생에서 평생 다시는 넘지 못할 한계선이 되는 것이다. 순간순간이 자신의 한계를 만들고 있다는 것을 명심하고, 스스로의 한계를 넓히기 위해서 노력해야 한다"고 했다. 대통령 출마와 관련하여 시사 하는바가 많은 그의 평소 소신이다.

대통령은 국정 전반에 걸친 폭넓은 지식을 가지고 있어야 한다. 국내외 정세의 흐름을 파악하여 국가전략을 세워야 한다. 급변하는 상황에 대하여 수시로 대처하는 적절한 정책과 대책을 마련해야 하고, 이를 효율적으로 집행할 수 있는 체계를 갖추어야 하며, 바람직한 국민정신을 계발하고 이를 정착시켜야 하며 국민들의 위상과 사기를 높이는 데까지 폭넓은 관심을 기울여야 한다.

대통령은 대통령 자리에 앉아있는 것으로 만족해서는 안 되며 수시로 급변하는 상황을 이해하고 대처할 수 있도록 노력해야 한다. 지속적인 자기계발이 반드시 뒤따라야 한다. 그렇지 않으면 근거 없는 고집과 아집에 의해서 국정이 수행될 수 있는데 그렇게 되면 안 된다.

국가적인 여러 사항에 대하여 최종 의사결정권자인 대통령이 지적 능력을 갖추고 있지 않다면 부하들은 불안해 할 것이며 그가 추진하는 방향에 대하여 불신하게 될 것이다. 이렇게 되면 국민이나 관료들로부터 신뢰를 얻기 어려울 것이다.

Ahn은 다양한 경험과 전문적인 지식과 국제적인 감각을 갖추고 있으며 학습 능력이 뛰어나다. '독서광'이라고 불릴 정도의 풍부한 독서로 다양한 간접 경험과 지식을 가지고 있다.

Ahn은 폭넓은 지식과 전문지식을 가지고 수시로 발생하는 각종 사안에 대한 핵심을 파악할 것이다. 부하들이 보고하는 내용을 그대로 받아들이는 것이 아니라 적절한 질문을 통해 국정에 대해 능동적으로 대처할 것이다.

Ahn 생각

● 의과대학에서 배운 지식은 지금의 나에게는 직접적인 도움을 주지 못했다. 그러나 그때 익힌 열심히 살아가는 태도와 끊임없이 공부하는 습관은 지식보다 훨씬 값진 것이 되었다. 열심히 살았던 삶의 태도는 핏속에 녹아 몸속에 흐르면서 남아 있다. 지식은 유한하지만 치열한 삶의 방식은 평생 가기 때문이다.

● 깨어있는 한 순간이라도 헛되이 보내지 않겠다는 것은 앞으로도 내가 할 수 있는 유일한 방법인지도 모른다. 이것은 공연한 겸손이 아니라 분명한 사실이다.

● 운이라는 것은 기회가 준비와 만났을 때다. 모든 사람에게 기회는 온다. 준비된 사람만이 그 기회를 자기 것으로 가질 수 있다. 준비가 안 된 상황에서는 기회가 오히려 불행이다.

● 매 순간 열심히 살다 보면 저절로 길이 보인다. 어떤 문제에 부딪히면 남보다 시간을 두세 곱절 더 투자할 각오를 한다. 그것이야말로 평범한 두뇌를 지닌 사람이 할 수 있는 유일한 방법이다.

실행 實行

Ahn의 삶은 실행하는 삶이다. 그는 의사결정을 하기까지는 장고를 거듭하면서 결단을 하고 일단 결단을 내리면 원칙을 지키고 기본에 충실한 준비를 통해 실행에 나서서 결실을 맺어왔다.

공부하기에도 힘든 의대생임에도 헌신하는 자세로 의료봉사를 했고, 의사 가운을 벗어던지고 컴퓨터 바이러스 백신 프로그램을 만들었으며, 회사를 창업했고, 의학박사이면서 유학을 떠나 공학과 경영학을 공부했으며 자신의 주식 절반을 기금으로 하여 기부재단을 만들어 사회공헌에 앞장섰다.

대통령의 리더십 발휘는 그 영향력이 매우 크다. 리더십은 한마디로 행동이다. 중요한 문제를 제기하고 더 큰 가치를 추구하며 묵은 갈등을 해결하는 행동을 의미한다.

실패하는 대통령은 말만하고 실행에 옮기지 않거나 실행력 부족의 약점을 가지고 있다. 실행력이 뒤따르지 않는 대통령의 말에는 형식적이고 선언적이며 일회용 이벤트성 멘트가 많다.

언행일치가 되지 않으면 신뢰가 깨지고 그렇게 되면 대통령으로서의 국정수행에 치명상을 입는다. 대통령은 언행일치하면서 국정을 수행하는 과정을 행동으로 옮겨야 한다. 그래야 국민들의 신뢰가 축적된다.

실행하지 못할 설익은 정책을 불쑥 내놓는 것은 국민을 기만하는 행위다. 입법 사항인데도 불구하고 국회와의 아무런 상의나 사전 동의도 없이 일방적으로 발표해 버리고 나중에 실행되지 않으면 아이디어 차원에서 내놓은 정책이라고 얼버무리는 것은 있을 수 없는 일이며 해서도 안 되는 일이다. 그 과정에서 수많은 국민들이 그 정책이 이루어질 것으로 믿고 행동에 나섰다가 낭패를 보는 경우가 비일비재하지 않는가?

대통령은 국정을 올바르게 챙겨야 한다. 대통령이 서명하는 것 하나하나가 국가의 미래와 국민들의 생활에 얼마나 큰 영향력을 미친다는 사실을 인식하고 신중하게 의사결정을 하도록 해야 한다. 아랫사람들의 말에 휘둘려서는 안 된다. 측근의 미사여구와 때로는 통계를 동원한 교묘한 논리를 내세우는 것에 동의하여 실제 상황이나 국민들의 의사나 생활과는 동떨어진 결정을 해서는 안 된다.

자리에 앉아서 보고를 받을 것이 아니라 때로는 민생 현장에서 국민들이 무엇을 필요로 하는지 파악해야 한다. 대통령은 국민의 목소리에 귀를 기울이면서 국민의 삶의 질 향상을 위해 노력해야 한다. 국민의 요구와 상황 변화를 파악하여 실행에 옮겨야 한다.

Ahn은 애초에 실행할 수 없는 국민과의 약속은 하지 않을 것이다. 하지만 막상 실행하려고 하면 여러 가지 상황 변화가 있을 수 있다. 그런 때에는 충분히 의사소통을 통하여 국민을 납득시킬 것이다.

소신을 가지고 국가를 위한 장기적인 관점에서 반대나 비난이 있더라도 실행에 옮길 것이다. 하지만 실행도 제대로 된 것을 할 것이며 쓸데없는 일, 부작용을 일으키는 일은 하지 않을 것이다. 즉 수행해야 할 국정 과제를 국민들의 다양한 의사를 수렴하여 최적의 판단을 통해 결정하고 이를 차질없이 추진해 나갈 것이다.

Ahn 생각

● 지금 우리에게 필요한 것은 '차가운 머리와 뜨거운 가슴'이다. 냉철한 현실 인식, 과거에 대한 자기반성, 현실에 근거한 치밀한 계획, 그리고 열정을 가지고 구체적인 결과를 이끌어내는 실행 능력이 현재 우리에게 가장 필요한 것이다.

● 강물이 얼마나 빠르게 흐르고 있는지 알기 위해서는 직접 뛰어들어야 한다. 강둑에 앉아서 계속 강물만 바라보고 있으면 절대 그것을 알 수 없다.

원칙原則

Ahn은 일확천금의 대박을 꿈꾸는 벤처업계에서 원칙과 기본을 소신삼아 비즈니스와 인생의 성공을 일구고 한국기업의 가치관을 새롭게 바꾸어 놓았다.

그는 1997년 외국 회사에서 1천만 달러에 안랩을 인수하겠다고 제안을 해왔을 때 '왜 안랩을 만들었는가?' 하고 스스로 질문을 던지면서 돈을 버는 것보다는 국내 소프트웨어 산업 보호와 직원들에 대한 책임감이 원칙이었기에 회사를 넘기는 일 따위는 생각할 수도 없었다고 한다.

2000년 우리나라에 닷컴 열풍이 불었을 때 주위에서 닷컴 기업에 투자하면 돈을 벌 수 있다고 권유했지만 '핵심 역량과 관계되는 분야가 아니면 투자하지 않는다'는 원칙을 지켰다. 반대로, 투자자를 유치하거나 주식 시장에 공개하라고 권유한 사람들도 많았고 그의 지분을 비싼 값으로 살 테니 팔라고 하는 사람들도 많았다. 그러나 그 당시 벤처 기업의 평가에는 거품이 끼어 있다는 것을 알고 있었기 때문에 투자자를 받지도 주식을 팔지도 않았다.

많은 돈을 벌거나 끌어들일 수 있었겠지만, 회사의 핵심 역량이 거품에 의해서 영업 이익이 생기는 것이나, 투자 자금만 과도하게 끌어모으는 것은 장기적인 관점에서 회사에 오히려 나쁜 영향을 미친다는 원칙 때문이었다. 안랩이 주식 시장에 공개된 것은 벤처 기업에 대한 거품이 어느 정도 걷힌 아니 과도하게 빠진 '9.11테러' 바로 다음 날이었다.

1990년대 이후 저성장·저투자·고실업 늪에 빠져 '유럽의 병자'라 조롱받던 독일. 2005년 11월 독일의 첫 여성 총리로 취임한 앙겔라 메르켈을 가리켜 세계 언론은 '독일판 철의 여인'이라 불렀다. 노동시장 유연화, 기업규제 철폐, 공공부문 민영화 등을 추진하며 '독일병' 치료에 나선 그의 모습이 1980년대 영국의 마거릿 대처 총리를 연상시켰기 때문이다.

2010년 5월 24일 독일 최대 노동자 조직인 독일노조연맹 총회장에 앙겔라 메르켈 총리가 축사를 시작했다.

"저는 강한 노조를 원합니다. 또한 강한 독일노조연맹을 원합니다."

그의 격려에 총회장에 모인 노조원들은 박수를 치며 환호했다. 뒤이어 진짜 메시지기 이어졌다.

"이제 노조연맹 회원 여러분은 스스로에게 질문해야 합니다. 여러분이 과거부터 갖고 있던 문제해결 방식이 아직도 유효한지를 말입니다. 저는 분명히 말하겠습니다. 여러분이 주장하는 모든 산업의 시간당 7.5유로 최저임금제는 받아들일 수 없습니다. 그것은 일자리를 만들기보다 오히려 파괴하기 때문입니다."

총회장이 순식간에 찬물을 끼얹은 듯 조용해졌다. 메르켈 총리가 노조의 핵심간부들이 모인 총회장에서 직설적으로 '7.5유로 최저임금'을 반대할 줄은 누구도 예상하지 못했다. 노조원들의 야유와 욕설이 섞인 휘파람이 쏟아졌다.

연설을 이어가기 힘들 정도였지만 메르켈은 "거세지는 국제 경쟁에 대비해야 합니다. 우리가 누려온 높은 복지가 기득권이 되어선 안 됩니다"라고 할 말을 다 던진 뒤 연설을 마쳤다. 그의 연설이 끝나자, 미카엘 좀머 독일 노조연맹 의장이 참을 수 없다는 표정으로 연단으로 뛰어 올라갔다.

"총리가 방금 최저임금이 일자리를 파괴한다고 얘기했는데 전혀 근거 없는 소리입니다. 우리의 요구를 철회할 생각이 전혀 없습니다."

이날 벌어진 메르켈과 독일노조연맹의 충돌 장면은 독일 전역에 반복적으로 TV로 방영되면서, 메르켈이 추진하는 경제개혁의 실체가 무엇인지를 독일 국민들에게 뚜렷이 보여줬다. 메르켈 총리와 노조의 마찰은 최저임금제 거부에서 시작해, 노조의 회사경영 참여 견제, 근로자에 대한 사회보장 축소, 퇴직연금 수령시기 연장 등 여러 이슈로 확대됐다.

독일노조연맹 등은 대규모 시위로 메르켈 식 개혁에 저항했다. 그러나 메르켈은 요지부동이었다. "포퓰리즘에 꺾이지 않겠다. 당장의 여론이 아니라 독일이 장기적으로 필요한 게 무엇인지 판단해 정책을 추진한다"는 게 그의 일관된 입장이었다.

그 결과 독일 경제는 메르켈 집권 1년여 만에 눈에 띄게 좋아졌다. 성장률과 설비투자가 뛰고 실업률이 4년 만에 처음으로 한 자릿수로 내려앉았다. 메르켈 등장 이전에는 누구도 상상 못했던 경제성적표다. 메르켈 총리는 "독일은 더 이상 '유럽의 병자'가 아니다"라고 선언했다. 언론은 "유럽의 병자가 '유럽경제의 기관차'로 바뀌고 있다"고 메르켈의 선언에 화답해주었다.

링컨도 원칙을 지켜 남북전쟁을 완전한 승리로 이끌었다. 그는 원칙을 지켜 연방 분열의 위기에서 미국을 재통합시켜 미합중국을 지켜냈다. '연방이 한 번 붕괴되면 다시는 원상복구가 어렵다'는 분명한 비전과 원칙을 가지고 일관성 있게 지켜냈다.

사실 인도주의적 위업이라고 칭송되는 노예제도 폐지는 링컨에게 후순위 문제였다. 링컨이 지금껏 미국의 수호신이 된 것은 '합중국'을 지켜낸 위대함 때문이다. 링컨은 전쟁 대통령이다. 1861년 3월 그의 대통령 취임 전에 미국은 남부와 북부로 쪼개졌고, 취임 한 달 뒤 남북전쟁이 시작되었다. 링컨은 처음에 전쟁을 6개월 만에 끝낼 수 있을 것으로 오판했다. 내전은 4년 동안이나 계속됐고 외적과의 싸움보다 참혹했다.

1864년 링컨은 대통령 재선거에 나섰다. 그 무렵 북군은 남군의 전략에 말려 참혹한 희생을 치르고 있었다. 버지니아 전선에서 한 시간에 수천 명이 죽는 유혈의 참극 속에 유권자들이 평화 협상에 나서자고 주장하는 야당후보에 기울면서 낙선의 불길한 기운이 감돌았다.

그럼에도 링컨은 "어떤 주도 연방을 탈퇴할 권한이 없다"는 원칙을 내세우면서 남부 연합을 반란 세력으로 규정하고 휴전을 거절했다. 링컨은 협상으로 얻은 평화는 위선이며 분쟁의 불씨를 남긴다고 판단하고 완전한 승리를 추구 했다. 완벽한 승리가 정의로운 평화를 보장한다는 게 그의 신념이자 원칙이었다.

그때 북군이 남부의 심장부 조지아 주 애틀랜타를 점령했다는 승전보가 날아왔다. 전황이 점점 좋아지면서 링컨은 재선에 성공했다. 1865년 4월에 남군은 버지니아 주 애포머톡스에서 전쟁을 포기하고 항복했다. 원칙을 지킨 일관성이 반전의 기회를 마련하고 전쟁을 승리로 이끈 것이었다.

대통령의 리더십 확보에는 원칙이 매우 중요하다. 원칙을 바로 세워야 한다. 하지만 원칙이 융통성을 발휘하지 않는 독선이나 아집이 되어서는 안 된다. 무엇보다 정책이 잘못되었다고 판단될 경우에는 더 이상 아집을 부리지 말고 즉각 정책을 바꾸어야 한다. 변화하는 상황에 정책이 융통성을 발휘해야겠지만 오락가락 해서는 안 된다.

대통령 자신이 정한 것이 원칙이고, 그 원칙을 적용하면 자신에게 불리한 상황이 왔을 때 융통성이란 이름으로 변칙을 해서는 안 된다. 원칙이 있어야 국민들에게 신뢰감을 줄 수 있다. 원칙 중에 최고의 원칙은 국민이 편하게 살 수 있느냐이다.

Ahn은 '원칙이 없으면 신뢰도 없다'는 말을 명심하고 원칙을 가지고 국정을 수행할 것이다.

Ahn 생각

● 원칙을 지키기 위해서 때론 용기가 필요하다. 더구나 상황이 어려울 때 원칙을 지키는 것은 상당한 용기가 필요하다. 상황이 어렵다고, 나만 바보가 되는 것 같다고 한두 번 자신의 원칙에서 벗어난다면 그것은 진정한 원칙이 아니다. 원칙은 수시로 변경 가능한 지도가 아니라, 어떤 상황에서든 항상 정북을 가리키는 나침반이어야 하는 것이다.

결단決斷

인생 자체가 선택이라는 점으로 이루어져 있듯이 Ahn의 삶은 선택의 연속이었다. 의대 교수에서 컴퓨터 바이러스 백신 프로그래머를 거쳐 벤처기업인 안랩을 창업하여 경영자가 되었고, 대학교수, 대통령 출마……, 인생에서 수많은 우여곡절을 겪으며 선택과 결정을 해왔다.

이러한 과정에서 미국 기업에서 1,000만 불이라는 거금으로 안랩을 인수하겠다는 제의를 거부했던 일, 자신의 주식 절반을 팔아 사회기부재단을 설립했던 일 등 인생의 고비 고비마다 중요한 결정을 내렸다.

그는 "이와 같은 선택을 하는 순간순간들이 결코 쉽지 않았으며 이후 순탄한 길만은 아니었지만 만약 자신이 선택 이후의 변화를 두려워해서 의대 교수에 머물렀다면 한 번밖에 없는 인생에서 이렇게 다양하고 풍부한 삶을 경험할 수 있었을까?" 하고 말했다.

그는 겉은 굉장히 유하게 보이지만 그의 이력을 보면 흔히 말해 내공이 쌓여있다. 전형적인 외유내강형이다. 그는 어떤 결단을 하면 자신이 그동안 이룬 모든 것을 걸거나 버리고 승부를 벌이는 승부사다.

대통령은 결단력을 요구당하는 사람이다. 그의 앞에는 항상 결단의 순간이 기다리고 있다. 긍정적 사고방식과 자신감만 가지고 상황을 방치해서는 안 된다. 문제해결을 위해서는 결단력을 발휘하면서 제대로 된 일을 해야 한다. 위기 상황에서 시의적절한 결단력은 국가의 운명을 결정짓는 중요한 요소이다.

결단력이 없는 경험은 단순한 연륜에 불과하다. 대통령이 결단해야 할 순간은 충분한 자료와 정보가 주어져 모든 것이 완벽하게 판단된 상태가 아니다. 이미 그 상황이면 이미 늦은 타이밍이다. 기껏해야 80~85%의 정보가 주어지는 상황에서 대통령은 자신의 지혜와 직관으로 결단해야 한다. 결단해야 할 순간에 결단하지 않으면 상황은 더 악화된다.

지금 시대는 생각의 속도까지 다툰다. 조금 불완전하더라도 신속하게 결단하는 것이 완벽을 기다리면서 늦게 결단하는 것보다 낫다. 과

단성 있는 신속한 결단이 중요하다. 결단은 가능한 신속해야 한다.

민생 문제와 관련된 주택정책을 예로 들면 걸핏하면 상황판단한다고 몇 달, 그 사이 장관 바뀌면 인사청문회 준비한다고 한 달, 부처끼리 협의 한다고 몇 달, 그러다가 정책 내놓고 관망하는데 몇 달, 정책효과 지속 여부를 지켜보는데 몇 달, 그러다가 조금 효과가 나오면 다시 예전 정책으로 원위치. 이런 식으로 시간 끌고 왔다 갔다 하는 정책은 국민들을 농락하는 것이며 그 결과도 엉망진창이 되어 경제에 막대한 부담을 안겨주는 것이다.

Ahn은 올바른 결단을 위해서 상황을 종합적으로 파악할 것이다. 흑백논리를 경계하면서 항상 열린 마음으로 폭넓은 의견을 들을 수 있는 통로를 평소에 확보하고 여기에서 나오는 의견을 존중할 것이다. 아부하는 사람의 의견을 채택하거나 자신만 옳다고 생각하는 독단을 버릴 것이다.

Ahn 생각

● 내가 어려운 선택을 해야 하는 상황이 오면 항상 스스로에게 상기시키는 단어가 있다. 바로 '뜨거운 가슴과 차가운 머리'이다.
'뜨거운 가슴'은 아무리 어렵더라도 결국은 잘 될 것이라는 열정을 뜻하며, '차가운 머리'는 현실에 대한 냉철한 인식을 뜻한다. 서로 모순되는 것 같지만 열정과 냉철함이 동시에 갖추어질 때만이 올바른 선택과 좋은 결과가 가능하다는 것이 나의 믿음이다.

● 여러 가지 선택이 가능한 일의 경우에는 본질과 직접적인 관련이 있는 것들만 고려해서 판단하면 옳은 결절을 내릴 수 있다.

긍정적 사고 肯定的 思考

그는 수많은 도전을 거듭해 왔다. 이는 변화를 스스로 만들고 그 변화가 바람직한 결과를 가져올 것이라는 긍정적 사고가 뒷받침 된 것이었다. 그 결과 매사에 바람직한 결과를 창출하였다. 그는 과거는 성공이었건 실패이었건 잊는다고 한다. 괜히 감정적 소비를 할 필요가 없기 때문이라는 것이다.

의사의 길을 포기하고 안랩을 창업한 초창기에 어려움을 겪으면서 매달 직원들에게 주어야 하는 월급을 걱정하면서도 잘 될 것이라는 긍정적 사고와 함께 망하지는 않을 것이라는 믿음을 가지고 경영을 해 나갔다. 더구나 창업을 하자마자 미국으로 2년간 유학을 떠난 것은 긍정적인 사고가 없이는 불가능한 결정이었을 것이다.

그리고 그는 대중 강연이나 대화에서 유머 감각을 발휘한다. 그가 〈무릎팍도사〉에 출연하여 자신이 군대에 간 이야기를 하면서 "전 덩치가 크진 않습니다. 대신 머리가 큽니다. 군대에서 군화를 고르는데 제일 작은 거 골랐습니다. 그런데 철모는 제일 큰 거를 썼습니다"라고 했다.

안랩 CEO로 있으면서 전 직원에게 보낸 메시지에서 '샤프펜슬 주인을 찾습니다'라는 제목으로 '제 방에서 회의하다가 샤프펜슬을 놓고 가신 분은 찾아가세요. 신장 15㎝, 무게 100g, 인상착의는 짙은 청색에 Micro Korea라는 표시가 새겨져 있으며, 조금 아주 조금 지저분합니다'라고 하면서 샤프펜슬을 유머로 묘사했다.

미국 대통령 로널드 레이건이 재임했던 1981년부터 1989년 사이에 2차 오일쇼크와 높은 인플레이션, 소련과의 냉전, 레바논 사태 등 심각하고 복잡한 문제들이 일어났다. 그는 1981년 대통령에 취임하자마자 소련의 적화혁명을 비판하며 포문을 열었다. 대 소련 정책을 카터 행정부 시절의 '평화 공존'에서 '힘의 우위 추구'로 전환했다.

하지만 당시 소련과의 화해 무드를 조성하자는 여론과 기류가 강했기에 레이건의 정책과 발언을 지나치게 호전적이라고 평했다. 그럼에도 군사적 우위 확보 전략을 추진했고 공산권 동유럽 국민들에게는 "좌절하지 말고 공산독재에 항거하라"는 메시지를 전파했다. 결과적으로 미·소를 정점으로 하는 동서 냉전구도를 깨고 소련 해체와 동유럽 공산국가들의 몰락에 기여했다는 역사적 평가를 받고 있다.

그는 취임한 지 몇 달 만인 1981년 3월 30일 저격을 당했고, 심장에서 불과 1인치 떨어진 곳을 관통한 총알은 폐를 손상시켰다. 병원으로 긴급 후송되는 동안 줄곧 피를 토하며 심각한 호흡곤란을 일으켰다. 그런 와중에도 수술대에 누워 집도를 맡은 의사들에게 조크를 했다.

수술이 끝난 후에 찾아온 부인 낸시 레이건에게도 "여보 미안해. 총알이 날아왔을 때 피하는 걸 잊어버렸어!"라며 주위를 웃음바다로 만들었다. 당시 경제적으로 힘든 상황에서 대통령이 유고될지도 모른다는 위기의식을 느끼고 있는 국민들에게 대통령 레이건의 긍정적 사고방식에서 나온 조크가 희망과 꿈을 불어넣어 주었다.

레이건은 그의 경제 정책인 '레이거노믹스'를 통해 정부 지출 삭감과 감세로 대변되는 '작은 정부'와 규제 완화, 그리고 안정적인 금융정책으로 미국 경제를 부흥시키는 발판을 마련했다. 그는 재선에 도전해 미국 대통령 선거에서 가장 일방적 승리인 50개 주 가운데 49곳에서 대승을 거두었다. 그 비결 역시 긍정적 사고방식과 유머에 있었다. 위기 상황에서도 차분함과 침착함을 유지하고, 일관성을 가지고 위기 상황을 돌파하고 국민들에게 다시금 일어설 수 있는 용기를 안겨 위대한 대통령의 반열에 올랐다.

대통령의 웃음, 대통령의 유머 감각은 대단히 중요하다. 국민들을 편안하게 하고 긍정적인 사고를 심어주어 나라를 밝은 분위기로 만든다.

국가적 위기 상황에서 대통령의 긍정적 사고방식은 국민들에게 자신감과 안정감을 심어준다. 긍정적 사고를 지닌 대통령은 위기가 와도 이를 순간적이고 지엽적이며 극복 가능한 일로 생각하지만 비관적 사고를 가진 대통령은 이를 영속적이고 광범위하며 자신의 능력으로 해결하기 힘든 일로 받아들인다. 동일한 상황이지만 이에 대한 사고방식이 국가위기 극복을 좌우한다.

Ahn은 긍정적인 사고를 하면서 국민들에게 희망을 줄 수 있는 메시지를 던지고 행동할 것이다. 힘든 상황이 닥쳐도 긍정적인 시각으로 이를 바라보고 대처해 나갈 것이다. 동시에 긍정적인 시각을 국민들과 공유할 수 있도록 의사소통에 적극 나설 것이다.

Ahn 생각

● 리더십은 말이 아니라 행동에서 나온다. 많은 사람들 한국의 리더십 문화에서 가장 취약한 부분이 솔선수범이라고 지적하는데, 나도 여기에 동의한다. 주변을 보면 잘못된 마인드를 가진 사람 밑에는 그 비슷한 사람들이 몰리고, 올곧은 정신을 가진 사람 밑에는 또 그 비슷한 사람들이 몰리는 것을 발견할 수 있다.

위기관리 危機管理

Ahn이 안랩을 창업하고 나서 처음 4년 동안 매달 직원들 월급 걱정을 해야 했다. 초창기에는 아내의 월급을 직원 월급으로 충당해야 했다. 하지만 의사인 아버지에겐 일절 부탁을 하지 않았다.

돈을 빌리기도 했지만 보통 은행에 가서 어음 할인을 했다. 악몽 같은 현실이었다. 그 시절 병원 의사 하는 친구들 만나면 저절로 비교가 되어 괜히 창피하기도 했다. 회사가 잘된다 싶어지자 2년가량 침체기가 왔다. 그래서 또 엄청나게 고생했다. 하지만 그는 이러한 위기를 특유의 경영기법을 발휘하여 이를 극복하고 '좋은 기업'으로 만들었다.

그는 안랩 CEO로 있을 때 임직원들에게 "우리 회사는 언제든지

망할 수 있다"는 얘기를 자주 했다고 한다. 그러자 어떤 직원은 회사 분위기를 생각해서라도 더 이상 그런 이야기를 하지 말아 달라고 부탁했다고 한다. 그가 그런 말을 자주 한 것은 자기경계의 의미도 있지만 과거에 이뤄놓은 것에 자족하는 순간에 실패가 시작될 수 있음으로 방심을 경계하라는 것이다.

대공황이라는 위기가 루스벨트를 위대한 대통령으로 만들었다. 그는 "우리가 두려워해야할 것은 두려움 그 자체이다"라고 하면서 국민들의 불안 심리를 잠재웠고 뉴딜 정책으로 대공황을 극복했다. 대공황 직후 맥아더를 참모총장으로 임명하고 전시에 대비해 육군의 현대화를 추진했다. 야전군 상시 동원 체제를 확립하고, 비상시 미국의 모든 산업체계를 군수체계로 전환할 수 있도록 발판을 마련했다.

1941년 12월 진주만 폭격을 당하고 태평양전쟁을 치러야 했을 때 빠른 시간 안에 많은 군인들을 동원하고 산업을 군수물자를 생산하는 체계로 바꿀 수 있었던 것은 바로 그의 선견지명 있는 대비 덕분이었다. 그는 가장 어려울 때, 가장 위험할 때, 다시는 전쟁이 일어나지 않을 것이라고 믿고 있을 때 미래를 준비하여 역사적으로 손에 꼽히는 탁월한 위기관리 리더십을 발휘했다.

당 태종이 위징으로부터 "보통의 황제는 나라가 위기일 때는 인재를 등용하여 의견에 귀를 기울이지만 나라의 기반이 튼튼해진 후에는 마음이 해이해집니다. 성군은 안전할 때 위태로운 경우를 생각하는 거안사위(居安思危)를 명심하십시오"라는 간함을 듣고 위대한 군주가 된데서 유래한 거안사위(居安思危)라는 사자성어가 있다.

위기관리는 위기가 왔을 때 대처하는 것도 중요하지만 위기가 오기 전에 오지 않도록 미리 대비하고 위기가 왔을 때 어떻게 할 것인지를 준비하는 것이 중요하다.

복잡다단한 국정을 수행하는 대통령에게 있어서 피할 수 없는 사건은 되풀이되는 위기이다. 국가경영에 있어서 정치, 경제, 안보 문제 등 위기가 수시로 찾아온다. 국가경영은 계속되는 위기를 어떻게 돌파하느냐의 과정이다. 대통령직을 수행한다는 것, 이처럼 결코 간단치 않다.

Ahn은 위기가 왔을 때 해결하는데 급급하지 않고 거안사위(居安思危)의 정신으로 예측하고 준비할 것이다.

위대한 대통령은 위기에 강하며 위기를 돌파하는 사람이다. 위기에 직면했을 때 흔들리지 않고 최선을 다하는 사람이다. 위기 국면에서 대통령에 대한 국민들의 기대감이 고조된다. 국가가 위기에 직면했을 때 국민들은 이를 타개할 대통령의 능력 발휘를 고대하고 있는 것이다. 그러므로 대통령에게 있어서 수시로 닥쳐오는 크고 작은 위기는 회피 대상이 아니라 능력을 발휘할 기회로 여겨야 한다.

위기가 왔을 때 위기임을 인식하고 해결에 나서는 것이 중요하지만 그보다는 위기가 왔음에도 위기인 줄 모르거나 모른 체하는 것이 제일 문제다. 또 위기상황에서 일관성 없는 정책으로 위기를 조장하는 것은 더욱 문제다. 스스로 위기를 만드는 것도 문제다.

대통령을 비롯한 고위공직자뿐만 아니라 전 공직자와 사회 각계각층의 구성원들은 리더뿐만 아니라 구성원들도 위기 상황을 인식하고 자발적으로 행동할 수 있어야 한다.

Ahn은 '위기 예측'을 연습할 것이다. 그는 끊임없이 미래에 대해 생각하면서 다양한 경우의 최악의 상황을 상정해 보고 그런 일이 일어나지 않도록 하기 위해서는 무엇을 해야 할 것인지를 고민할 것이다.

자신감이란 자신의 이상과 능력에 대해 확신을 갖는 것을 말한다. 대통령이 자신의 능력에 대해 확신을 가지지 않으면서 어떻게 국민들에게 자신감을 불어넣을 수 있겠는가? 대통령이 자신감을 보이면서 의사결정을 해야 국민들은 동의할 것이다. 자신감이 있어야 위기 상황에서 당황하지 않고 진정으로 필요한 행동을 취해 국민들의 존경을 받을 수 있다.

위기 상황이 왔을 때 자신감을 가지고 앞장서서 전력투구하는 모습을 보여야 한다. 자신감과 관련하여 감정적인 안정이 중요하다. 감정적 안정을 통한 강한 정신력은 대통령이 소유해야 할 자질이다.

Ahn은 국가가 위기에 처했을 때, 위축되거나 허세를 부리지 않을 것이다. 냉정한 자세로 현실 인식을 하면서 국가 위기 국면에서 국민들을 안심시킬 것이다. 자신의 감정적인 안정을 취한 후 국민들이 동요하지 않고 안심시켜 일상생활에 충실할 수 있도록 할 것이다.

Ahn 생각

● 나는 어떤 일을 시작할 때 '이 일을 하면 우리가 좀 더 잘되겠지'라는 판단 기준을 적용하지 않는다. 대신 모든 결정에는 '이 일을 하지 않으면 머지않은 장래에 생존을 위협받을 것이다'라는 기준을 적용했다.

● 언제나 위기관리를 해야 한다. 업무 위험과 시스템 위험, 전략 위험, 금융 위험 등 다양한 위험이 곳곳에 도사리고 있는 데 어떻게 마음을 놓을 수가 있겠느냐는 것이다. 이렇게 현실을 직시하고 위기감을 일상화해서 끊임없이 개선하고 업적을 쌓아가는 것이 핵심 경쟁력이 되어야 한다. 몸에 밴 위기감으로 긴장의 끈을 늦추지 않으면서 강인함을 유지해야 한다.

인사 人事

Ahn이 안랩을 만들었던 초기에 주위에서 아버지에게 채용 부탁을 많이 했다. 하지만 아버지는 아들이 원칙을 중시하는 성격을 알기에 바로 거절했다고 한다.

Ahn은 학연이나 지연, 혈연에 좌우 되지 않는 사심이 없는 사람이다. 안랩에는 Ahn의 친척이 한 명도 없다. 이는 그의 의도적인 실천으로 학연이나 지연으로 연결되어 있는 사람도 없었다. 그가 친척을 고용하지 않는 이유는 친척이 없어서가 아니라 오히려 친척이 많은 편이다.

그러나 친척을 채용하게 되면 알게 모르게 그 사람의 직위와 상관없이 다른 직원들이 눈치를 볼 수밖에 없고 그러면 실무자들이 소신

있게 일하기가 힘들다고 판단했기 때문이다. 또한 같이 일하다가 잘 되면 본전이지만, 잘 안 될 때는 핏줄끼리 평생 등 돌리고 살아야 하니 시작하지 않는 것보다 못할 것이라는 생각도 있었기 때문이다.

그는 인사 청탁을 받는 것을 몹시 싫어했다. 한번은 장관급 직위에 있는 사람이 인사 청탁을 했는데 거절했다. 만약에 청탁한 그 사람을 채용하게 되면 기존 직원들이 일하기가 힘들어지기 때문이었다.

친척만이 아니라 친구들로부터 청탁을 받는 경우도 종종 있었는데 광고 회사를 운영하는 어떤 친구는 안랩 광고를 제의하기도 했지만 실무자들에게 그 말을 전하지는 않았다. 실무자가 객관적으로 소신을 가지고 판단을 하는 것이 우리 모두를 위해서, 나아가서는 친구의 경쟁력을 위해서도 옳다고 생각했기 때문이다.

그동안 대한민국 공직 인사에 있어서 인사가 '만사(萬事)'가 아니라 인사가 '망사(亡事)'가 되었다. Ahn은 CEO의 경험을 살려 공정한 인사를 펼칠 것이다.

청나라 5대 황제 옹정제는 "나라를 다스리는 것은 사람을 쓰는 것에 달려있고, 사람을 쓰는 것은 면밀한 관찰에 달려 있다. 인재를 찾는 것이 제왕의 제일가는 고충이다. 사사로이 사람을 쓰면 천하를 다스릴 수 없고, 공평하게 사람을 쓰면 천하를 얻는다"라고 말하여 인재 확보에 혼신의 노력을 기울였다.

'인사가 만사다'라는 말이 있다. 특히 국가경영에 있어서는 더욱 그러하다. 모든 것은 사람이다. 대통령에게는 첫째도 둘째도 사람이다. 청렴하고 능력 있는 공직자로 하여금 국민에게 봉사하게 하는 것이 대통령의 국정 운영 메커니즘이다.

대통령은 공직자들로 하여금 정책을 펴게 하고, 국민들에게 서비스를 해야 하기 때문에 공직자들의 임명은 중요하다. 인사에 있어서 사사로운 인연이나 감정을 배제하고 '청렴과 능력'이라는 합리적 기준을 가지고 적재적소에 중용해야 한다.

적재적소와 관련하여 '오리를 독수리 학교에 보내지 말라'는 비유가 있다. 오리는 오리가 할 일을 하며, 독수리는 독수리가 해야 할 일을 해야 한다. 오리에게 독수리처럼 하늘 높이 날아가 사냥하라고 해서는 안 되고, 독수리에게 헤엄을 치라고 해서도 안 된다.

능력도 없고 도덕성이 결여된 사람이 고위직에 임명되어 부정부패를 저지르고 국정에 혼선을 주는 사례가 비일비재하다. 이는 그런 사람을 임명한 임명권자의 책임이다. 공직자가 세우는 정책 하나가 국가 발전과 국민생활에 미치는 영향이 너무나 크기 때문에 연고와 온정주의에 이끌려 중용해서는 안 된다.

최소한 국민들의 마음을 다치지 않게 하는 사람, 아집을 부리지 않는 사람, 예전 공직에서의 정책에 실패하지 않은 사람을 임명해야 한다. 능력 없는 것이 드러났고, 정책적인 잘못을 저질렀음에도 '인사실패'를 인정하기 싫어서 오기를 발동하여 그대로 두어서는 안 된다.

조그마한 일에 자주 경질해서도 안 되지만 문제를 알고도 그냥 두어서는 절대 안 된다. 국가적인 피해와 국민들의 고통이 계속 늘어나므로 즉각 경질해야 한다. 대통령은 장관을 비롯한 고위공직자를 지속적으로 평가해야 한다. '측정은 공정하게, 평가는 냉혹하게' 하여 신상필벌(信賞必罰) 해야 한다.

Ahn은 온정주의에 이끌려 상황에 이끌려, 수시로 바꾼다는 비난이 두려워 정직하지 못하고 무능하다고 판단되거나 기대했던 만큼의 일을 하지 않는 공직자를 더 이상 자리에 있게 하지 않을 것이다. 왜냐하면 공직의 안정성도 중요하지만 이들이 국정에 미치는 영향력이 너무나 크기 때문이다.

부정부패를 저지르거나 국정에 혼선을 초래하고 정책 잘못으로 국가와 국민들에게 큰 피해와 고통을 안긴 사람은 냉정하게 신상필벌할 것이다. 측근을 만들지도 않겠지만 개인적으로 가까운 사람이라고 해서 온정을 베풀지 않을 것이다. 국정수행의 중심부인 청와대와 내각 인사에 대하여는 더욱 엄격히 할 것이다. '인사가 만사(萬事)'가 되도록 할 것이다.

Ahn 생각

● 언젠가 고위 관료가 자신이 추천하는 사람을 써달라고 부탁했는데, 한마디로 딱 잘라 거절하기가 참 힘들었다. 그분에게는 죄송한 일이었지만, 결국 거절하고 말았다. 실무자들이 전문성을 살려 일할 수 있는 환경과 기반을 위해서라면 오히려 그런 매는 맞는 게 옳다고 생각하며, 앞으로도 내가 나서서 막을 결심이다.

인재 人才

Ahn은 빌 게이츠를 높이 평가하고 있다. 그를 높이 평가하는 이유는 훌륭한 IT전문가라서가 아니라 천재라고 불리는 빌 게이츠가 자신의 부족한 부분을 인식하고 적절한 시기에 필요한 인재들을 영입해서 소신껏 일할 수 있게 한 것이라고 보고 있다.

그는 A자형 인재상을 가지고 있다 자신의 전문 영역에 대한 지식과 함께 다른 분야의 지식을 소유하면서 소통 능력을 가지고 팀워크를 이루는 능력을 가진 사람을 선호한다. 그는 무엇보다 조직의 성패는 사람에 있다는 것을 인식하고 CEO 자리는 떠났지만 이사회 의장과 최고학습책임자(CLO)를 맡아서 직원들의 자기개발에 앞장서고 있으며 안랩이 직원 교육에 많은 투자를 하게하고 있다.

그는 관료사회에 개방형 문화를 주입시킬 것이며 관료들에게 끊임없는 자기개발을 하게 하여 이를 행정 서비스와 행정에 창의력을 발휘할 수 있게 할 것이다.

미국 육군참모총장이었던 마셜이 아이젠하워를 중용하고 그를 키우지 않았다면 대통령은커녕 평범한 장군으로 끝났을 것이다. 마셜은 아이젠하워의 청렴성과 능력을 높이 평가해 제2차 세계대전 당시 그를 북아프리카 지역사령관으로 보내 전선을 지휘하게 했다.

그리고 마침내 루즈벨트 대통령에게 아이젠하워의 대장 진급을 강력히 요청하여 성사시키고 유럽 주둔 연합군 최고사령관으로 임명하여 전쟁을 승리로 이끌었다. 마셜은 전쟁이 끝난 후 "내가 한 것은 승리할 수 있는 사람을 선택한 것뿐이다"라고 하면서 아이젠하워에 대한 인정과 배려와 함께 인사의 중요성을 강조하였다.

아이젠하워도 마찬가지였다. 그는 최측근 사람부터 감동시키는 것을 원칙으로 정했다.

1942년 12월 유럽 주둔 연합군 최고사령관 아이젠하워와 부지휘관 클라크 장군이 전선을 시찰하기 위해 군용비행장으로 가던 중이었다. 종군기자들이 몰려와 전쟁 상황에 대해 질문하자 이에 대한 대답은 하지 않고 "나는 지금 이 순간 오직 한 가지 일에만 시간을 할애할 수 있습니다"라고 말한 뒤, 호주머니에서 별 계급장을 꺼내 앞에 있던 클라크 장군에게 달아주면서 "나는 자네에게 이 세 개의 별을 달아줄 순간을 오랫동안 기다려왔네. 그리고 머잖아 네 개의 별도 달아주고 싶네."

이 얼마나 부하를 감동시키는 행동인가! 이렇게 한다면 미치도록 충성하지 않을 사람이 어디에 있겠는가?

대통령의 국가경영도 마찬가지다. 대통령은 국민을 가슴에 품으면서 사랑하고 섬겨야 한다. 국민들에 대한 서비스는 수많은 공직자들로 하여금 나오게 해야 하는 것이다. 그러기 위해서는 대통령이 먼저 공직자들을 섬기고, 힘을 불어넣어 그들로 하여금 국민들을 섬기고 봉사하게 만들어야 한다.

공직자가 감동하지 않으면 국민들에게 감동을 주는 정책이 나올 리 없으며 감동적인 국정서비스를 베풀 수 없다. 국민을 감동시키고 싶다면 먼저 거느리고 있는 공직자들을 감동시켜야 한다.

Ahn은 공직자들에게 자신이 국가를 위해 중요한 일을 하고 있다는 존재로 느끼게 할 것이다. 공직자에게 "바로 여러분이 국가를 이끌어가는 인재입니다. 바로 여러분이 중심이 되어 국가발전을 이루어야 합니다"라고 끊임없이 말하면서 사명감을 심어주고 사기를 높일 것이다. 동기부여가 되게하여 사명감과 책임의식을 가지고 진정으로 국가와 국민을 위해 일하게 될 것이다.

세종대왕은 사람을 쓰는데 있어서, 첫째는 마음이 착한지를 보았다. 둘째는 열정이 있는가를 보았다. 셋째는 단점은 덮고 장점을 보고 이를 최대한 발휘하게 했다. 넷째는 정실을 배제하고 역량 위주로 선발했다. 다섯째는 채용 못지않게 뽑은 인재를 유지하는데 주력했고, 일단 쓰면 끝까지 믿어주었다.

정약용은 목민심서에서 "의심스러운 것은 아랫사람에게 묻는 것을 부끄러워하지 말고, 그 일의 처음과 끝을 분명히 안 뒤에 서명하라고 했다. 어리석은 사람일수록 일을 잘 아는 체하고, 아랫사람에게 묻기를 싫어하여 의심스러운 것을 어물쩍 그냥 덮어 둔 채 있다가 부하들의 술수에 빠지는 수가 많다"고 했다.

청나라 4대 황제 강희제(康熙帝)는 "사람을 얻기 위해서는 먼저 마음을 얻어야 하고, 덕과 재능을 함께 고려하여 인재를 발굴하되 발견에 그칠 것이 아니라. 제대로 써야 하며, 믿었으면 의심하지 말아야 한다"고 했다.

대통령은 국정의 큰 방향을 제시하고 훌륭한 인재를 적재적소에 기용하여 국정을 수행해야 한다. 국정은 대통령 혼자 이끌어가는 것이 아니다. 공직자들로부터 신뢰를 받기에 앞서 신뢰를 하는 태도가 필요하다. 아랫사람을 믿고 합리적으로 권한을 위임하는 등의 태도가 그 것이다.

Ahn은 공직자들에게 항상 명예롭게 대하며, 일을 맡겼다면 믿는 배려를 베풀 것이다. 정책을 펼 때 그것이 국민들에게 어떤 영향을 미치는지 계속해서 살피고 점검할 것이다. 공직자들이 일을 추진하는 과정에서 어쩔 수 없는 실수에 대해서는 관용을 베푸는데 인색하지 않을 것이다. 청렴하고 능력 있는 공직자들에게 이와 같은 행동과 마음으로 대한다면 열정을 바치지 않을 사람이 어디에 있겠는가?

Ahn 생각

● 인재를 찾는 것 못지않게 중요한 것은 확보한 인재를 얼마나 잘 유지하느냐이다. 글로벌 시장에서 무한 경쟁을 하기 위해서는 기업 스스로가 자신의 특성을 잘 파악하고 치밀한 변화 관리, 특히 인재 관리를 잘해야 한다.

신뢰를 받기에 앞서 신뢰를 해야 한다. 아랫사람을 믿고 합리적으로 권한을 위임해야 한다. 전략적인 리더가 되어야 한다. 모든 결정을 혼자서 할 수 없으며 사소한 문제에 깊이 관여할 수도 없다. 그래서 많은 권한을 위임해서 의견을 조율하는 역할에 중점을 둬야 하고, 대신 전체적인 전략을 세우는데 더 몰두해야 한다. 방향을 잡고 구체화한다는 점에서 전략적 리더는 시스템 디자이너라고도 할 수 있다.

도전은 힘이 들 뿐, 두려운 일이 아니다!

지금 대한민국은 총체적인 위기상황이자 난맥상이다. 국민들은 불안·불신·불만에 가득 차 있고 이를 치유하기 위해 앞장서야 할 정치 지도자들은 이를 더욱 조장하고 부정부패를 저지르고 구태정치를 되풀이하는데 앞장서고 있다.

대한민국은 경제협력개발기구(OECD) 국가 중에서 자살률이 제일 높고 출산율이 제일 낮다. 이는 무엇을 뜻하는가? 자살률이 높다는 것은 현재 살기가 힘들다는 것이고, 출산율이 낮다는 것은 미래에 대한 전망이 어둡다는 것이다. 즉 현재가 불행하고 미래에 대한 희망이 없다는 것이다. 이러한 상황에서 양극화는 더욱 심화되고 있으며 기득권 세력은 더욱 견고해지고 있다.

이것이 누구의 책임인가? 열심히 살아가는 국민들의 책임인가? 아니면 권력 투쟁이나 일삼고 부정부패를 저지르는 정치인들의 책임인가?

국정을 이끄는 대통령 한 사람이 어떤 사람이냐에 따라 국가가 어떻게 되고 국민들의 삶이 어떻게 되는지를 외국의 사례를 목도하지 않더라도 지금 우리 자신들이 겪고 있지 않는가?

대통령, 정말 잘 뽑아야 한다. 진정성을 가지고 국가와 국민을 위해 헌신하는 대통령을 뽑아야 한다. 국민들이 자부심을 느끼면서 자랑할 수 있는 대통령을 뽑아야 한다. 국민들을 행복하게 하고 미래에 대한 희망을 주는 대통령을 뽑아야 한다. 어떤 특권도 용납하지 않는 사회 시스템을 구축할 수 있는 대통령을 뽑아야 한다.

겸손하고 지식을 가지고 있으며 국제적인 감각을 가진 대통령을 뽑아야 한다. 시대적 사명감과 사회적 책임의식과 공인의식에 투철한 대통령을 뽑아야 한다. 견고한 기득권 세력을 깨뜨리는 대통령을 뽑아야 한다.

부정부패로부터 자유스럽고 과거로부터 자유스럽고 말과 행동이 일치하는 대통령을 뽑아야 한다. 호가호위하거나 비리를 저지를 만한 가족이 없는 사람을 뽑아야 한다. 구태정치를 되풀이할만한 주변인사가 없는 사람을 뽑아야 한다.

그리하여 대한민국을 업그레이드시켜 세계로 미래로 웅비하여 1등 국가의 반열에 올라서는 것이 우리 국민 모두의 간절한 꿈일 것이다.

'도전은 힘이 들 뿐, 두려운 일이 아니다!'

윤문원

안철수를 알고 싶다